NICE

W0469914

Ook verschenen van Kiki van Dijk bij Xander Uitgevers

Zeevlam (2014)

Ibiza (2016)

Ibiza – De erfenis (2017)

Lech (2017)

Pisa (e-book, 2018)

Bali (2018)

KIKI VAN DIJK

Nice

XANDER

Uitgegeven door Xander Uitgevers BV
www.xanderuitgevers.nl

Omslagontwerp: Studio Marlies Visser
Omslagbeeld: Getty Images
Zetwerk: Michiel Niesen, ZetProducties

Copyright © 2019 Kiki van Dijk en
Xander Uitgevers BV, Amsterdam

Eerste druk 2019
Tweede druk 2019
Derde druk 2020

ISBN 978 94 0161 278 4 | NUR 332

Deze uitgave kwam tot stand door bemiddeling van Sebes & Bisseling
Literair Agentschap te Amsterdam.

De uitgever heeft getracht alle rechthebbenden te traceren.
Mocht u desondanks menen rechten te kunnen uitoefenen,
dan kunt u contact opnemen met de uitgever.
Niets uit deze uitgave mag openbaar worden gemaakt
door middel van druk, fotokopie, internet of op welke andere wijze ook,
zonder voorafgaande schriftelijke toestemming van de uitgever.

Voor Bénine

1

'Nee, niet deze,' zei Jacky tegen zichzelf en ze schoof het flesje jasmijnolie naar links. De geur was toch te overheersend om de boventoon te voeren in het parfum. Dan bleef alleen nog de boskamperfoelie over. Zoet, maar niet zo sterk geurend als zijn soortgenoten.

Ze gleed met haar neus langzaam langs de dop van het flesje. Vluchtig geuren oppikken was altijd de eerste fase van een nieuw parfum. Nu zocht ze specifiek naar een frisse toon, alsof je de lente op je huid kon spuiten. Dit verkennende stadium was het belangrijkste. Ze deed het op intuïtie en ze had er al die jaren nog nooit naast gezeten.

Ergens op de achtergrond trilde haar mobiel. Zoals altijd negeerde ze de beller. Mensen die haar kenden wisten dat ze haar tijdens een geursessie nooit konden bereiken. Om de verschillende finesses goed te kunnen onderscheiden moest ze supergeconcentreerd werken.

Ze draaide de muziek wat harder en zong mee met 'Cherish' van Kool & The Gang.

Daarna pakte ze een pipet en terwijl ze voorzichtig een druppeltje essentiële olie opzoog klonk opnieuw het gesmoorde geluid van haar mobiel. Misschien was het de school van de kinderen, bedacht ze ineens. En was Duco uit het klimrek gevallen of zat Cornelie in de wc opgesloten.

Snel graaide ze alsnog in haar tas. Ze rommelde tussen de sleutels, tissues, kleverige snoepjes en kassabonnetjes. Hoe sommige vrouwen hun handtas netjes konden houden, was voor haar een raadsel. Net toen ze haar telefoon van de bodem opviste, stopte hij met rinkelen. Een anonieme beller, zag ze. Vast een provider die nog meer voordelige belpakketten wilde verkopen.

Geïrriteerd legde ze haar mobiel te hard op tafel, waardoor haar collega Elice verstoord opkeek van haar rij met flesjes. Al jaren was zij verantwoordelijk voor de mannengeuren binnen het familiebedrijf. 'Is er iets?'

'Een verkoper zit mij te stalken,' zei Jacky en ze schoof haar mobiel nog wat verder weg. 'Ik haat dat gepush.'

'O, zo irritant,' beaamde Elice terwijl ze aan een bakje koffiebonen rook, nog steeds de beste manier om je reuk te neutraliseren. 'Ik kan ook niet meer aardig op ze reageren.'

'Het is eigenlijk mentale intimidatie.'

Elice schoot in de lach. 'Verzin een hashtag.'

'Wat dacht je van #absolutenocalls? Gaat vast net zo

snel viral als #metoo,' zei Jacky en ze schoof het flesje jasmijnolie weer dichterbij. Maar precies op het moment dat ze haar pipet erin liet zakken, trilde haar mobiel opnieuw. Geen beller dit keer, maar een sms.

ICI ALBERT. POUVEZ VOUS ME RAPPELER? VITE! stond er in hoofdletters, met een Frans nummer erachter.

Albert? Die had ze zeker al een halfjaar niet gesproken.

'Ik moet dit telefoontje even beantwoorden,' zei ze tegen Elice en om haar niet te storen liep ze het balkon op. De vroege septemberzon scheen zo laag over de gracht dat het water goud kleurde. Ze zaten nu bijna vijftien jaar met het parfumatelier in Delft en de bescheiden schoonheid van het stadje bleef haar inspireren. Ze had er al drie parfums naar vernoemd. *Deep Blue* deed het internationaal nog steeds het beste.

'Albert?' vroeg ze, toen ze hoorde dat er direct werd opgenomen. 'Jacky hier.'

'Wat fijn je stem te horen,' reageerde hij meteen in rap Frans.

'Ja, het is al weer een tijd geleden dat we...'

'Ik weet niet hoe ik het je moet zeggen,' onderbrak hij haar.

Een windvlaag streelde haar gezicht. 'Wat is er?'

'Het is vreselijk.' Zijn stem sloeg twee keer over. 'Echt vreselijk.'

'Jeetje Albert, wat is er gebeurd?'

Het bleef stil en ze hoorde een diepe zucht.

'Albert?'

'Het is Christine.'

Haar mond voelde droog. 'Wat is er met haar?'

Ze hoorde zijn ademhaling maar hij zweeg. Het leek alsof hij huilde.

'Kom op Albert, vertel. Wat is er met Chris aan de hand?'

Hij slikte. 'Ze... ze ligt in coma.'

Ondanks de ochtendzon gleed er een rilling over haar rug.

'Jacky?'

Ze wist dat ze moest antwoorden maar ze kon geen enkel woord vinden. Het leek alsof elke taal uit haar geheugen was gewist.

'Jacky, ben je er nog?'

Albert begon nog sneller te praten. Zijn Frans ging over in het Niçoise dialect. Ze kon het verstaan, terwijl ze het eigenlijk niet wilde horen. Flarden tekst bleven hangen. Over een val van een balkon, gisteravond tijdens een feest. Over een gebroken rib. Dat er meteen een ambulance bij was. Dat Christine nu in de Polyclinique Saint George lag. En dat dat echt het allerbeste ziekenhuis in de stad was, maar dat ze maar niet wakker wilde worden.

Misschien dat ze daarna nog was blijven luisteren, maar achteraf wist Jacky het niet zeker meer. De tijd leek te vertragen en Alberts stem had steeds zwaarder geklonken. Haar gedachten waren weggedreven. Naar de schaduwen van de bomen die langer werden. En dat ze binnenkort hun bladeren zouden verliezen. Dat Cornelie dan weer kastanjes zou gaan zoeken en Duco onvermoeibaar door de plassen zou fietsen. Dat ze snel hun jassen uit de kast moest halen, anders zouden ze de eerste verkoudheid al meteen te pakken hebben.

'Jacky?' gilde Albert nu wanhopig door de telefoon. 'Luister je überhaupt wel?'

Ze voelde zich duizelig worden. 'Ik bel je later.'

Hij praatte nog door maar Jacky drukte hem weg. Ze probeerde te blijven denken aan de komende tijd met de kleurende bladeren en de oppoppende paddenstoelen. Aan de geur van natte aarde en knisperende haardvuren. Maar de beelden van Christines ziekenhuisbed werden steeds scherper en verdrongen de herfst. Ze zag haar in gedachten aan slangen en piepende apparaten liggen met bezorgd kijkende doktoren eromheen. Haar lichaam dat onder de blauwe plekken en het gestolde bloed zat. Ze sloeg haar handen voor ogen. Nee, niet ook nog Chris.

Het getik op het raam drong langzaam tot haar door.

'Is alles oké?' klonk Elices stem gedempt achter het glas.

Jacky schudde haar hoofd en opende de balkondeur. 'Christine ligt in coma.'

'Ach schat, kom hier,' zei Elice en haar grote, zachte armen sloten zich als een warme sjaal om haar heen. 'Wat vreselijk. Dat jullie dat nou ook nog moet overkomen. Hoeveel ellende kan iemand hebben?'

Jacky rook een zweem van rozen in Elices trui en haar rustige ademhaling voelde kalmerend maar ze trok zich toch los. Medelijden maakte haar ongemakkelijk. Ze wist allang dat verlies niet eerlijk verdeeld was in het leven en dat verdriet eerder de norm was dan geluk. 'Ik moet het Aimee vertellen.'

'Ja, natuurlijk,' zei Elice en ze deed een stap naar achteren. 'Sterkte.'

Vlug liep Jacky het atelier uit en in de gang begonnen haar gedachten te versnellen. Chris had haar nodig. Ze kon haar niet alleen in dat nare ziekenhuis laten liggen en ze moest eigenlijk nu meteen naar haar toe. Zorgen dat ze vandaag nog met de artsen kon overleggen. En horen wat de opties voor behandeling waren.

Ze ging steeds vlugger lopen. Albert kon wel een logeeradres regelen. En als ze zo meteen de middagvlucht van de KLM zou nemen, kon ze er al om vier uur zijn. Spullen hoefde ze niet te pakken, die kocht ze daar wel.

Zonder te kloppen gooide ze de deur van Aimees kantoor open. Haar tante zat met keurig opgestoken haar en in een witte zijden jurk achter haar bureau. Haar secretaresse Tineke zat op een kruk ernaast. Beiden keken verstoord op.

'Kun je een tijdje op de kinderen passen?' vroeg Jacky en ze bleef in de deuropening staan. 'Ik moet nu weg.'

Aimee stond op en legde beide handen op haar bureau. Haar donkere ogen stonden bezorgd. 'Kindje, natuurlijk. Geen probleem. Altijd. Met alle liefde, dat weet je. Maar waar moet je ineens heen?'

Jacky nam een grote hap lucht. 'Christine ligt in coma. Ik vertrek zo naar Nice.'

2

Jacky wachtte tot de oudere vrouw haar lippen rood had gestift en de wc verliet, voordat ze zelf dichter bij de spiegel ging staan. Het beeld viel niet mee. De vermoeidheid had diepe lijnen over haar gezicht getrokken en door de grauwe wallen leken haar blauwe ogen fletser. Het duidelijk zichtbare grijs tussen haar blonde haren maakte het beeld niet vrolijker.

Ze deed wat mascara op en trok een lijntje langs haar ogen maar het maakte weinig uit. Sinds Tomas' dood twee jaar geleden had het verdriet zich definitief in haar poriën genesteld. Snel spoot ze nog wat *Jasmine Blue* op en liep de aankomsthal weer in.

Albert, al jaren Chris' trouwe collega en beste vriend, had beloofd haar op te komen halen, maar ze had hem nog nergens kunnen vinden. Ze ging precies in het midden van de ruimte staan zodat ze hem van alle kanten kon zien aankomen.

Zeker acht jaar was ze hier niet meer geweest. Ze probeerde zo min mogelijk te komen, al was dat wat onhandig met hun fabriek hier vlakbij in Grasse. Liever liet ze Aimee of Elice gaan, die waren toch zakelijker ingesteld. En voor het ruiken hoefde ze hier ook niet te zijn. De verschillende geuren konden dagelijks naar Delft worden gestuurd. Christine klaagde wel altijd dat ze haar nooit in Nice kwam opzoeken, maar gelukkig vloog haar zus vaak genoeg naar Nederland.

Verdorie, ze wilde zo snel mogelijk naar het ziekenhuis. Waar bleef Albert toch? Ze keek op haar horloge. Kwart voor vijf. Nu waren er vast nog specialisten die ze kon spreken. Straks zat iedereen aan het diner. En dat was in deze stad heilig. Niemand kon dan nog gestoord worden. Ze pakte haar mobiel om Albert opnieuw te bellen, toen ze een warme hand op haar arm voelde. Geschrokken draaide ze zich om.

'*Madame* Duran?' vroeg een kleine, kalende man met een bezweet voorhoofd. Zijn overhemd vertoonde gelige zweetplekken. 'Spreekt u Frans?'

Het liefst had ze in het Engels geantwoord dat ze er geen woord van kon verstaan. Ze haatte de taal uit haar jeugd. Maar op een of andere manier had ze medelijden met deze oververhitte man en antwoordde dat ze misschien wat gebrekkig sprak maar geen problemen had om hem te begrijpen.

De man was zichtbaar opgelucht en begon meteen uit te leggen dat Albert haar graag zelf had willen halen, maar dat hij bezig was met klanten die maar geen beslissing konden nemen over de koop van een appartement op de Promenade des Anglais.

'Geen bagage?' vroeg hij zoekend om haar heen.

Ze schudde haar hoofd. 'Nee, ik ben nogal gehaast vertrokken.'

'Ja, natuurlijk,' zei de man en hij leek ineens weer te beseffen waarom ze hier was. 'Uw arme zus. Vreselijk allemaal. Ik breng u meteen naar het ziekenhuis. Mijn taxi staat dichtbij.'

Ze liepen snel naar de uitgang, de man net twee stappen voor haar uit. Bijna rennend legde hij met veel handgebaren uit dat hij wel vaker voor het makelaarskantoor van Christine taxiritjes verzorgde. 'Zo'n aardige vrouw. Zo'n afschuwelijk ongeluk.'

De deuren schoven open en ze rook de warmte van Nice. De zilte lucht, die als een lichte mist de boventoon voerde. Daarna de rottende vruchten, een zweem van bougainville, zoete uitlaatgassen en onderaan een diepere lavendelgeur. Ze was verrast door de herkenning. Sommige basisgeuren veranderden duidelijk nooit.

De man draaide zich ineens naar haar om en veegde het zweet van zijn voorhoofd. 'Sorry, ik heet trouwens Pierre Morel.'

'Jacqueline Duran,' zei ze en stak haar hand uit. 'Morel? Dat is toch een lokale naam?'

Pierre knikte. 'Mijn grootmoeder was een Italiaanse. Maar de rest van onze familie woont hier al eeuwen.'

Ze had kunnen zeggen 'die van mij ook', maar ze wilde op geen enkele manier suggereren dat ze ook een local was. Zo had ze zichzelf in ieder geval nooit gevoeld.

'En woont u er nog met plezier?' vroeg ze zo geïnteresseerd mogelijk. Ze had het gevoel dat ze de nerveuze man op zijn gemak moest stellen.

Klakkend met zijn tong schudde hij zijn hoofd. 'Nee, nee. Nice is veranderd. Het is mijn stad niet meer.'

Nog voordat ze kon vragen waarom, opende hij de deur van een taxi. Een sigarettenwalm kwam haar tegemoet. De nonchalance waarmee Niçoisers nog overal ongegeneerd rookten, bleef haar verbazen.

Ze schoof achterin, tikte een berichtje naar Aimee dat ze veilig was aangekomen en liet zich in de bank zakken. Buiten herkende ze niets meer. Het terrein van het vliegveld was een grote chaos. Toeterende taxi's, grote graafmachines, cementwagens en verdwaalde toeristen in kleine huurauto's. Vloekend zocht Pierre een weg door de afzettingen.

'Ze leggen weer een tramlijn aan. De burgemeester had beloofd het in twee jaar tijd te doen. Onzin natuurlijk. We zitten al jaren met de ellende,' sputterde hij. 'Ik kan nu ook niet via de Promenade des Anglais langs het strand rijden. Alles is opgebroken.'

Jacky haalde haar schouders op. 'Mij maakt het niets uit. Als we maar zo snel mogelijk in het ziekenhuis komen.'

'Vanzelfsprekend. Binnen tien minuten zijn we er,'

zei hij en toeterde direct toen zijn voorganger net te lang wachtte met optrekken. Tegelijkertijd zette hij de airco hard aan. 'Weet u trouwens waarom de boulevard zo heet?'

Natuurlijk wist ze dat. Haar vader had er vroeger wel voor gezorgd dat ze de geschiedenis van Nice uit haar hoofd kende. 'La Prom' was naar de Engelsen vernoemd, omdat zij hem zelf hadden aangelegd. In plaats daarvan zei ze dat ze geen idee had en hoopte maar dat Pierre uitvoerig antwoord zou geven, zodat ze even niet hoefde te praten.

En terwijl Pierre inderdaad uitgebreid begon te vertellen dat aan het einde van de negentiende eeuw Nice een populaire vakantiebestemming voor rijke Engelsen was geweest, dacht ze aan de intensive care waar ze zo meteen zou binnenlopen. Vooral dat indringende gepiep van de apparaten kon ze zich nog zo goed herinneren van die dagen naast Tomas' bed. Met dat gedempte licht en die penetrante geur van desinfecterende middelen. Ze wist eigenlijk niet of ze het wel weer aankon. Niet dat ze veel keus had.

'En daarom staan er dus nog zoveel monumentale huizen uit de belle époque,' besloot Pierre zijn verhaal. Ondanks de ijskoude lucht uit de blazers, sijpelde het zweet langs zijn nek.

'Boeiend hoor,' zei ze en het viel haar op dat ze de buurt waar ze nu reden, totaal niet herkende. Grauwe, geelkleurige flatgebouwen, overal satellietschotels, rommelige winkeltjes, veel mannen in kleine groepjes op straat en de wegen waren voelbaar slecht onderhouden. Ze schoten de ene na de andere kuil in. 'Waar zijn we eigenlijk?'

'Vlak bij Cité de l'Ariane,' zei Pierre en hij kon net op tijd een gammel busje ontwijken dat plotseling voor hem de weg opschoot. 'Om de hoek bij Polyclinique Saint George.'

'Cité de l'Ariane?' herhaalde ze en haar maag kneep samen. De wijk was vroeger voor haar absoluut verboden terrein. Veel te gevaarlijk, vond haar vader. 'Dan hebt u een afslag te laat van de autoroute genomen.'

'Nee, nee. Niets aan de hand. Er was een omleiding. Komt helemaal goed,' probeerde hij haar te overtuigen, maar zij zag aan zijn stevige greep op het stuur dat hij er zelf niet zeker van was. Zijn knokkels werden helemaal wit.

Het busje voor hem reed door het rode licht maar Pierre trapte zelf hard op de rem. De auto slipte over het afval op straat en tikte met de achterbanden tegen de hoge stoep. Net voor het zebrapad stond hij stil.

Jacky greep naar een handvat. Twee jongens die voor een *bar tabac* op een bank hingen, stonden meteen op en staarden naar hun auto. Ze tikte Pierre op zijn schouder. 'Gaat het wel?'

'Absoluut,' zei hij gehaast en boog zich voorover om de radio aan te zetten. De opgewekte stem van Julien Clerc vulde de auto. 'Geen enkel probleem.'

'Zeker weten?' hield Jacky aan en ze zocht via de achteruitkijkspiegel oogcontact maar Pierre keek strak voor zich uit. Zijn gezicht was inmiddels rood aangelopen en zijn snor hing slap van het zweet.

'Absoluut. Kijk maar, het wordt al groen.' Hij wees naar het stoplicht en trok vol gas op. Maar pruttelend sloeg de motor af. Een auto achter hen toeterde direct. De twee jongens aan de overkant zetten hun hoodies op en kwamen hun kant op.

'*Merde*,' zei Pierre en ze hoorde nu ook de paniek in zijn stem. Snel probeerde hij de auto opnieuw te starten, maar zonder resultaat.

Ze rook de verbrande benzine. Dit was niet goed. Haar ademhaling versnelde. De twee jongens waren nu op tien meter afstand en in een reflex duwde ze het deurknopje naar beneden. Vlug boog ze naar links om ook de andere deur op slot te doen maar deinsde direct terug. Een ratelende scooter schoot uit het niets langszij en stopte vlak naast haar deur. Een tik op het raam en de deur werd ruw opengetrokken. Een jongen met zwarte helm en gesloten klep stak zijn hoofd naar binnen.

'Hier,' riep hij gesmoord in zijn helm en graaide naar haar tas. 'Je geld.'

'Natuurlijk niet, eikel. Wat denk je wel!' Ze trok het hengsel naar zich toe. 'Laat los.'

Maar de jongen was te snel en rukte de tas uit haar handen. 'Je mobiel. Nu!'

Trillend hield ze haar telefoon vast en begon keihard te gillen. 'Klootzak. Flikker op.'

Ineens schoof de jongen de achterbank op. Ze kon zijn wietlucht ruiken. En voordat ze wist wat er gebeurde, sloeg hij haar in haar gezicht en had hij haar mobiel in zijn handen.

Nu begon Pierre ook te schreeuwen en even leek de aanvaller te twijfelen. Maar toen trok hij zich toch terug, gooide de deur dicht en racete op zijn scooter uit beeld. Een van de twee hoodies rende erachteraan. De ander bleef naast Pierres deur staan en gebaarde dat hij zijn raampje moest openschuiven.

'Niet doen. Draai het niet open,' gilde ze en hoorde hoe hoog haar stem klonk. De adrenaline spoot door haar lichaam. Haar wang brandde van de klap. 'Start die rotauto!'

Pierre probeerde het opnieuw, riep ten overvloede dat het weer niet lukte en draaide alsnog zijn raampje naar beneden.

Het bloed klopte in haar hals. 'Pas op!'

'Wat moet je?' riep Pierre naar de hoodie.

'Ho ho, meneer. Rustig.' De jongen met de capuchon deinsde wat terug. 'Ik wilde alleen even vragen of ik kan helpen. We zagen dat u wat problemen had met het starten. Ik ben automonteur.'

3

'Een diefstal uit de auto? Serieus?' Albert hield Jacky's beide handen vast en keek vol ongeloof van haar naar Pierre. 'Op klaarlichte dag?'

Ze stonden op de trap voor het ziekenhuis in de brandende zon. Pierres shirt was nat van het zweet. Tevergeefs veegde hij de druppels van zijn voorhoofd. 'Het was vreselijk. Het ging zo razendsnel. Ze waren heel ervaren. Alles was in een paar seconden weg.'

'Ongelofelijk. En jij dan nog een klap. Waren jullie niet ontzettend bang?' vroeg Albert en hij aaide voorzichtig over haar pijnlijke wang. Zijn hand rook naar crème van Durandia vermengd met een vleugje rode wijn.

'Tuurlijk. Maar we leven nog,' zei ze kortaf. Ze wilde naar binnen. Naar Christine. Ze hadden al een uur oponthoud gehad en ze moest de artsen nog te spreken zien te krijgen.

Helaas begon Pierre uitgebreid te vertellen over hoe de roofoverval was verlopen en dat ze gelukkig haar tas en mobiel wel weer terug hadden gevonden. 'Ze waren wat beschadigd maar alles functioneerde nog. Toch mevrouw?'

Ze knikte. 'Zullen we nu naar binnen gaan?'

Maar Pierre leek haar vraag niet te horen en legde Albert uit dat een jonge omstander rennend de achtervolging had ingezet. En dat dat joch de daders niet te pakken had gekregen maar dat ze tijdens hun vlucht wel alles hadden laten vallen.

'Goede jonge gast hoor, die bracht meteen de gestolen spullen terug,' besloot Pierre zijn gedetailleerde verslag. 'Zijn maat was ook heel behulpzaam. Die heeft de auto weer aan de praat gekregen.'

Albert haalde een hand door zijn donkere krullen. 'Wat een verhaal. En waar zei je dat het was gebeurd?'

Voordat Pierre kon uitleggen in welke buurt ze waren beland, klonk luid getoeter. Achter zijn taxi was een kleine file ontstaan. Hij hief zijn handen verontschuldigend in de lucht.

'Ik moet gaan,' zei hij al rennend naar de auto. 'Ik ga nu aangifte doen. Bel u later.'

Ze zagen hoe Pierre met piepende banden het terrein af reed en liepen daarna samen het ziekenhuis in. De hal zoemde van de mensen. Het bezoekuur was duidelijk net begonnen.

'Wat een gedoe allemaal. Maar ik ben heel blij dat je er bent,' zei Albert en hij sloeg een arm om haar heen. Zijn knokige elleboog prikte in haar zij. Hij was nog dunner dan ze zich herinnerde. 'Ze ligt op de vijfde. We nemen even de lift.'

'Nee, dat gaat niet.'

Een diepe rimpel vormde zich tussen Alberts wenkbrauwen en zijn groengrijze ogen keken haar vragend aan. Nu zag ze weer waarom Christine hem zo op Benedict Cumberbatch vond lijken. Maar dan wel een tot in de puntjes verzorgde versie van de bekende acteur. Zijn lichtgrijze linnen pak zat zelfs aan het eind van een warme werkdag nog strak in de plooi.

'Ach meid, natuurlijk,' herinnerde hij zich ineens weer. 'Claustrofobie. Net als je zus. Geen probleem, dan gaan we met de trap.'

Hij duwde de deur naar het trappenhuis voor haar open. 'Lijkt me wel lastig. Die angst voor kleine ruimtes.'

'Ik weet niet beter.' Ze vertelde er niet bij dat ze al sinds de dood van hun moeder bang waren om in een afgesloten plek vast te komen zitten. Dergelijke ernstige angst ontstaat door een groot trauma, had hun therapeut gediagnostiseerd. 'Gelukkig durf ik wel te vliegen.'

Albert schoot in de lach. 'Ja schat, zo kun je alles wel weg relativeren.'

Op weg naar boven vertelde hij dat Christine veel geluk had gehad, omdat haar val door een uitstaand zonnescherm was gebroken. En dat haar toestand de laatste paar uur niet veel veranderd was. Ze lag nog in coma, had een zwelling in haar hoofd en naast een gebroken rib ook nog een wond op haar schouder.

'Ze belden mij midden in de nacht. Ik sta schijnbaar als noodnummer in haar mobiel. Richard zat ook meteen rechtop in bed. Ik was al in het ziekenhuis voordat de ambulance arriveerde. Vanochtend heb ik de hele tijd naast haar bed gezeten, maar ik moest vanmiddag even werken.'

'Natuurlijk, begrijp ik. Dank,' zei ze licht hijgend toen ze bovenkwamen. 'Hebben ze al iets gezegd over haar herstel?'

Hij schudde zijn hoofd. 'Ik denk dat ze wachten op de familie. Op jou dus.'

Ze liepen de gang van de intensive care op en haar oog viel op een Mariabeeldje in de hoek. Een waxinelichtje verlichtte het nisje. Maria's lichtblauwe cape met gouden randen schitterde in het kaarslicht. Jacky's kaakspieren verstrakten. Hier was ze eerder geweest. Opeens herkende ze de plek. Haar adem versnelde. Ze had hier zelf als kind ook kaarsjes neergezet.

'Gaat het?' vroeg Albert en hij pakte haar arm. 'Je trilt helemaal.'

Ze leunde tegen de muur en probeerde haar ademhaling onder controle te krijgen. Een pijnscheut schoot door haar hoofd en het zweet brak haar uit.

'Wil je even zitten?'

Jacky maakte een afwerend gebaar. 'Ik ben oké. Het is gewoon stress.'

Albert wreef voor ontspanning over haar rug en stelde haar gerust dat ze niet bang hoefde te zijn voor de confrontatie met Chris. Dat haar zus er vredig bijlag, dat ze geen pijn had en dat haar gezicht nog helemaal gaaf was.

Jacky besloot maar niet uit te leggen dat de lichte paniekaanval kwam door de onverwachte herinnering aan haar moeder. Die hier ook had gelegen. Nu ineens wist ze het weer. Ze was pas vier jaar oud geweest maar flarden herinneringen aan die dag waren duidelijk blijven hangen.

'Dank je Albert,' zei ze en zuchtte diep. 'Zullen we maar doorlopen?'

En terwijl hij haar met een schuin oog in de gaten bleef houden, liepen ze de lange gang door. Steeds opnieuw schoten er flitsen van herkenning voorbij. Een lage rij witte tegeltjes, precies op ooghoogte van een kleuter. De smalle lampen aan het plafond die gelig licht verspreidden. En dat overheersende geurmengsel van bloed en goedkope zeep. Veel was er in die veertig jaar niet veranderd.

Een verpleegster lachte hen vriendelijk toe en voor de deur aan het eind van de gang bleven ze staan.

'Ben je er klaar voor?'

Ze knikte en duwde zelf de deur open. Haar zus lag rustig op haar rug te slapen. Lichtgebruinde huid, kleine blos op haar wangen en haar keurig geborstelde blonde haren lagen als een waaier op haar kussen. Het was alsof ze relaxt langs het zwembad een middagdutje deed. Gelukkig werd ze niet beademd en had ze alleen een hartslagmeter om haar vinger.

Jacky pakte een stoel, ging langs de rand van haar bed zitten en pakte Chris' slanke hand. De huid voelde warm en zachtjes streelde ze haar vingers.

'Wil je even alleen met haar zijn?' vroeg Albert, die in de deuropening was blijven staan. 'Dan wacht ik op de gang.'

'Graag.'

Op het moment dat Albert de deur achter zich sloot, boog ze zich voorover en kuste Chris' voorhoofd. 'Gekkie, wat heb je mij nou weer laten schrikken.'

Even leek het alsof haar lange wimpers als reactie licht bewogen maar daarna lag haar zus weer doodstil in het grote bed. En ineens, zonder dat Jacky wist dat ze het liedje nog kende, begon ze bijna instinctief Johnny Hallyday te zingen.

'*Tu t'appelle Christine Jolie. Tu rêves de voler la nuit.*' Heel zachtjes, precies zoals hun vader zo vaak had gedaan. '*Faire un petit tour au paradis.*'

Al zingend legde ze haar hoofd op het laken en voelde de rustige ademhaling van haar grote zus. En voor het eerst die dag begon haar lichaam te ontspannen. Ze was er. En nu ging ze ervoor zorgen dat Christine beter werd.

4

'Zo, u bent Jacqueline Duran?' vroeg een oudere man met dikke buik, openhangende doktersjas en een luide stem.

Geschrokken schoot Jacky omhoog. Waarschijnlijk was ze even weggedommeld. 'Ja, ja, klopt.'

'De zus dus. Dat is te zien.' Hij pakte er een krukje bij en begon, zonder zich voor te stellen, staccato verslag van de dag te doen. 'Net een MRI gedaan. Ziet er niet ongunstig uit. Zeer beperkte schedelbasisfractuur, slechts kleine zwelling. Een gebroken rib rechts. Geen klaplong. Wond hoeft niet geopereerd te worden. We houden haar nog een beetje in slaap. Die rust is goed voor het herstel. Maar we verwachten dat uw zus binnen zesendertig uur wel wakker zal worden.'

'Dat is dus goed nieuws?' vroeg ze vertwijfeld, overdonderd door de hoeveelheid informatie.

Hij knikte. 'Zeker gezien de hoogte van de val is het beeld gunstig te noemen.'

'Dus ze zal genezen?'

'Ik zie geen reden om aan te nemen dat het herstel niet volledig zal zijn.' De man ging alweer staan. 'Nog meer vragen?'

Wel honderd, wilde ze roepen, maar ze kon er zo snel geen bedenken. Het enige wat ze voelde was een diepe opluchting. Het zou goedkomen. De rest deed er niet meer toe.

'Nee, alles is duidelijk.'

'Mooi, dan zie ik u morgenochtend. Ik kom rond halftien weer even kijken.'

Hij liep naar de deur maar draaide zich ineens om. 'We zijn haar bloed nog aan het testen. Op drugs, alcohol, dat soort zaken. De uitslag hoor ik morgen. Maar gebruikte ze inderdaad zoveel?'

Ze schrok van zijn suggestieve vraag en voelde meteen de noodzaak haar zus te verdedigen. 'Drugs nooit. En alcohol heel matig,' zei ze snel, al wist ze het niet zeker. Christine vertelde niet zoveel over haar nachtleven in Nice.

'Typisch.' De arts trok zijn wenkbrauwen op. 'Waarom zou ze dan gevallen zijn?'

Verrast dat ze zichzelf die vraag nog niet had gesteld, antwoordde ze snel. 'Misschien gestruikeld?'

'Zou kunnen,' zei hij ontwijkend en wees naar het nachtkastje. 'Daarin liggen trouwens nog wat privéspullen.'

En voordat ze hem kon bedanken, was hij de kamer al uitgeglipt. Ze rommelde in het kastje en vond een rode clutch. Van Chanel natuurlijk. Christine kocht al jaren geen ander merk meer. Gelukkig liep haar makelaarskantoor uitstekend.

En hoewel het een beetje voelde alsof ze stiekem in de spullen van haar grote zus aan het rondsnuffelen was, opende ze toch het avondtasje. Een lege iPhone, een miniflesje *Darker Blue*, een doosje Tic Tac en een rode lippenstift. Ook van Chanel natuurlijk.

'Denk dat je dit wel wilt,' fluisterde ze en stiftte geconcentreerd Chris' volle lippen. Daarna spoot ze wat parfum op. De diepe geur van musk dreef door de kamer. Haar zus hield meer van de zwaardere parfums dan zij. En ook meer van er verzorgd uitzien. Een gezicht zonder lippenstift vond ze maar kaal en zelfs in haar vrijetijd droeg ze nette kleren. Naast haar voelde Jacky zich altijd een sloddervos. Haar spijkerboek en witte blouse van vandaag had Chris waarschijnlijk bestempeld als 'typisch Nederlands'. Wat ze daar dan ook mee bedoelde.

Ze masseerde zacht Christines handen en speelde met haar ringen. Haar zus droeg er aan elke hand drie, terwijl ze zelf alleen nog haar trouwring droeg. Eigenlijk zagen ze zoveel dingen totaal anders. Daarom bleef het bijzonder hoe close ze al die jaren op afstand toch waren gebleven. Ze belden bijna dagelijks.

Na een korte klop kwam Albert druk pratend binnen. 'Sprak net de arts. Die was best positief toch... O, schat... wat ziet ze er nu weer beeldschoon uit. Goed gedaan. Daar zal ze blij mee zijn. En ik zie dat je haar clutch hebt gevonden.'

Op een gekke manier voelde ze zich betrapt en legde het tasje snel terug in de kast. 'Er zat eigenlijk niet zoveel in.'

'Klopt. De ambulancebroeders hadden het mij in mijn handen gedrukt. Dit heb ik er toen maar snel even uitgevist,' zei hij en hij haalde een zwart spuitbusje uit zijn binnenzak.

'Wat is dat?'

'Pepperspray.'

'Waarom had ze dat bij zich?'

'Ik hoopte dat jij dat wist.'

'Geen idee.' Ze haalde haar schouders op. 'Ze is nooit ergens bang voor. Is het eigenlijk wel legaal?'

'In Frankrijk wel. Als een van de weinige landen in Europa. Ze zijn echt achterlijk hier.'

Ze glimlachte. Zo mopperend was Albert best grappig. 'Hopelijk kunnen we het haar snel zelf vragen.'

'Ja, zeker weten. Tot die tijd houd ik het flesje maar even bij me.' Hij keek met een scannende blik rond of hij nog iets kon regelen, maar concludeerde duidelijk van niet. Hij liep al naar de deur. 'Zullen we maar gaan?'

'Nu al?'

'Het is zeven uur geweest. De verpleging kondigde net het einde van het bezoekuur aan.'

Ze wilde voor altijd blijven maar misschien was het

inderdaad wel beter te gaan. Ze kon nu toch niet zoveel doen. En ze wilde nog wat schone spullen in Chris' appartement ophalen. Ze gaf haar zus een kus en liep samen met Albert de gang op. Het Mariabeeldje negeerde ze. Er speelden nu te veel dingen door haar hoofd, voor ingewikkelde herinneringen had ze geen tijd.

'Heb je eigenlijk een sleutel van haar huis?' vroeg ze toen ze het trappenhuis in liepen.

Albert hield een pluizige sleutelhanger voor haar neus. 'Dacht al wel dat je even langs wilde gaan.'

Ze wilde het bolletje pakken maar hij liet nog een sleutel aan de hanger zien. 'En deze rode is voor je studio. Ik kan mij voorstellen dat het ongemakkelijk voelt om nu in Christines huis te logeren. Daarom heb ik geregeld dat je bij een oude vriendin van mij kunt blijven. Rosalie. Gek wijf, maar lief. Je zult het wel merken. Normaal verhuurt ze het via Airbnb. Gelukkig was het nog vrij.'

Ze nam beiden aan en gaf hem een kus. 'Dank. Voor alles.'

'Ik kan weinig. Maar organiseren lukt net.'

'Man, je bent de ultieme regelneef.' Ze gaf hem een por. 'Christine kan geen seconde zonder je. Dat weet je best.'

Hij lachte zijn breedste glimlach en hield de deur voor haar open. 'Mijn scooter staat links. Ik zet je even af.'

De zwoele avondlucht was een verademing na de

overactieve airco in het ziekenhuis. Ze liepen schuin over het parkeerterrein naar de stalling en ze besefte dat ze nog nooit eerder zo lang alleen met Albert was geweest. Ze had hem altijd wat vreemd gevonden, maar ze begon steeds beter te begrijpen waarom Christine zo dol op hem was. Hij zat als mens goed in elkaar. Lief, grappig en betrokken. En dan ook nog op een slungelige manier aantrekkelijk. Ze snapte wel waarom Richard hem vorig jaar zijn jawoord had gegeven.

Albert haalde de scooter van het slot, wilde hem starten maar draaide zich plots naar haar om. 'Weet je wat zo gek was?'

Ze schudde haar hoofd en ging achterop zitten. 'Vertel.'

'Er zaten geen huissleutels in haar tasje.'

'Misschien ging ze bij Xavier logeren. Of is dat haar vriend niet meer?'

'Jawel,' zei Albert en hij startte de scooter. 'Maar dan nog. Dan neem je toch wel je eigen sleutels mee?'

'Dan was ze die gewoon vergeten,' besloot ze en ze greep Alberts middel toen hij optrok. Maar terwijl hij de avenue de Rimiez in draaide, wist ze zeker dat hij hetzelfde dacht als zij. Chris had nog nooit iets vergeten. Die ontbrekende sleutels klopten niet.

5

‘De studio is hier om de hoek,’ wees Albert. ‘Ik app je zo het adres.’

‘Is goed. Zie je morgen,’ riep ze terug. Ze zwaaide tot hij de straat uit reed en opende daarna de zware houten deur.

In de koele centrale hal vol marmer zocht ze naar het lichtknopje. Zo eind september werd het al opvallend vroeg donker. Een kroonluchter schoot aan en verspreidde diffuus licht. Ze negeerde het gietijzeren liftje en liep de brede mahoniehouten trap op. Ondanks haar claustrofobie had Christine een paar jaar geleden toch een appartement op de vijfde verdieping gekocht, met zicht op het water. Als makelaar wist ze natuurlijk dat zeezicht het belangrijkste pluspunt van onroerend goed was in Nice.

Jacky liet haar hand langs de oude trapleuning glijden. Deze gebouwen uit het einde van de negentiende eeuw gaven nog steeds een luxueus gevoel. Fresco’s, ornamenten en guirlandes herinnerden aan de tijd van rijke en adellijke overwinteraars. Maar die exclusieve sfeer had de stad al lang geleden verlaten.

Met enige moeite kreeg ze de deur van het appartement open en rook meteen Christines wereld. De geur van bloeiende lelies, haar parfums, licht rottend hout, de boenwas voor het antieke bureautje van hun moeder en de vage lucht van uien. Al at ze niet veel thuis, voor haar zus was het belangrijk dat er altijd basisingrediënten in de keuken lagen. Dat gaf haar een nostalgisch gevoel, had ze weleens uitgelegd. Het deed haar denken aan hun vader, die vroeger elke avond uitgebreid kookte, al kon Jacky zich dat nauwelijks herinneren.

Ze gooide de luiken open en deed de lichten aan. Het was bevreemdend om door Chris' opgeruimde appartement vol mooie vintage vondsten te lopen, zonder haar opgewekte energie te voelen. Albert had goed aangevoeld dat ze hier zonder haar zus niet wilde blijven.

Snel klopte ze de kussens van de bank op, checkte de ijskast op bedorven spullen en gooide de yoghurt en rottende appels weg. De volle vuilniszak zette ze alvast bij de voordeur klaar.

In de badkamer pakte ze enkele toiletspullen in. Ze vond een weekendtas, die ze vulde met wat lingerie, een kamerjasje en nachtjapon voor Chris en slippers, een paar schone shirts en twee jurkjes voor zichzelf. Haar zus was iets langer, maar ze konden allebei nog steeds maat 38 aan. Ook gooide ze er vlug een rode bikini bij. Misschien had ze de komende dagen tussendoor nog tijd om in zee te zwemmen.

Haar oog viel op de fotolijstjes naast haar bed. Ze zag Duco en Cornelie in de golven bij Noordwijk. Ze moest niet vergeten ze straks nog even te bellen. Uitleggen wat er aan de hand was. Verder stond er een persfoto van Aimee voor hun fabriek in Grasse. De naam LA DURANDIA in gietijzeren letters was duidelijk zichtbaar. En ze glimlachte om een vergeeld beeld van haar en Christine. Twee blonde meisjes met Pippi Langkousachtige paardenstaarten.

Achteraan zag ze de bekende zwart-witfoto. Ze pakte het zilveren lijstje en staarde naar de mooie, stralende vrouw in een kaftan. Ze hing ontspannen op een bedje bij het zwembad en haar blonde haren wapperden in de wind. Op de achtergrond was nog net een groot huis zichtbaar. Hoe kon het dat haar moeder er hier zo gelukkig uitzag? Ze streelde de foto en voor het eerst die dag kreeg ze tranen in haar ogen. Allemachtig, wat kon ze haar na al die jaren toch nog vreselijk missen.

Plotseling viel de vuilniszak in de hal om. Had Chris hier muizen? Ze stond op en wilde de gang in lopen, toen ze een zwarte schim de zitkamer in zag schieten. Direct klopte haar hart in haar keel.

'Hallo?' Ze hoorde gerommel en greep naar een paraplu. 'Wie is daar?'

En net toen ze de ijzeren punt naar voren stak verscheen een man in de deuropening. Ze gilde, maar de vent schrok net zo erg en schreeuwde nog harder.

'Jezus, Jacqueline!'

'Xavier!'

'Ik schrok me dood.'

Ze liet de paraplu zakken. Haar benen trilden nog na. 'Man, ik ook.'

Even stonden ze elkaar op afstand te bestuderen. Hij zag er nog net zo klein en bourgondisch uit als ze zich hem kon herinneren. En hij had nog dezelfde leuke kop met pretoogjes. Op hetzelfde moment schoten ze in de lach.

'Ik dacht dat je een inbreker was,' gierde hij uit.

Ze zette de paraplu terug. 'En ik zag mezelf al bloedend op de gang liggen.'

'Tja, alles kan gebeuren in Nice.'

Ze gaven elkaar een knuffel. Ze rook La Paz, zijn favoriete sigarenmerk en zijn stoppelbaard prikte op haar nog gevoelige wang.

'Goed dat je er bent,' zei Xavier en zette de paraplu voor haar weg. 'Ik kwam even wat spullen voor Chris halen.'

'Dat heb ik al gedaan. Die neem ik morgen mee naar het ziekenhuis.'

'Prima, dan pak ik alleen wat dingen van mezelf,' zei hij en liep meteen de slaapkamer in.

En terwijl Jacky bezig was de luiken weer te sluiten, vroeg ze zich af of Xavier hier vaak kwam. Chris zei altijd dat een latrelatie voor haar het meest haalbare was en dat haar vriendjes maar maximaal een nacht per week mochten komen logeren. Alleen wonen vond ze heerlijk.

'Heb je al gegeten?' klonk het uit de badkamer. 'Zullen we anders nu snel een hapje eten? Even bijpraten over Christine?'

Eigenlijk had ze willen zeggen dat ze geen honger had en moe was, maar ze wilde Xavier niet teleurstellen. 'Goed idee. Chris' favoriete tentje?'

'Uitstekend,' riep hij nu uit een kast.

Ze verzamelde haar spullen, knipte de lampen uit en wachtte bij de voordeur. Xavier was al een tijdje in Chris' leven maar Jacky had hem nog niet zo vaak gesproken. Haar zus koesterde haar vrijheid en kwam liever alleen naar Nederland. Maar ze had wel verteld dat ze zo van zijn ontspannen blik op het leven kon genieten. Aimee was ook blij met hem. Eindelijk een normale vent die niet op haar geld uit was, had ze hem na de eerste ontmoeting in Nice omschreven.

Samen liepen ze naar buiten en Jacky sloot de deur af.

'Ik zou de bovenste ook maar dichtdraaien,' zei Xavier en wees naar een steekslot. 'De laatste tijd wordt er zoveel ingebroken.'

En terwijl ze de brede trap af liepen, vertelde ze over de overval in de taxi.

'Dat verbaast mij niets,' zei Xavier, die de buitendeur voor haar openhield. 'De familie Médicin leverde hier zo lang burgmeesters. De laatste zoon had alleen maar oog voor grote projecten. Veiligheid kwam jarenlang op de tweede plaats. Nu heeft die Estrosi er wel aandacht voor, maar de criminaliteit is niet meer terug te dringen.'

Net toen ze wilde vragen of de maffia van Corsica nog zo'n grote rol speelde, tikte hij tegen haar arm en wees naar de hoek van de straat.

'Ken je die man?' vroeg hij.

Nog voordat ze goed kon zien hoe de vent eruitzag, had hij zich al omgedraaid en verdween hij uit beeld.

Ze haalde haar schouders op. 'Denk het niet.'

'Hij stond er al toen ik aankwam.'

Ze schoot in de lach. 'Nou, dan zal hij wel wat bijverdienen als levend standbeeld.'

'Nee, even serieus. Hij keek strak naar de ramen van Chris' appartement.'

Ze voelde een koude rilling langs haar rug glijden en sloeg haar armen om zich heen, als een soort bescherming. Maar waartegen wist ze zelf eigenlijk ook niet.

Xavier aaide even over haar rug. 'Het zal wel niets zijn. Er lopen hier meer rare figuren rond.'

Ze knikte maar echt gerustgesteld was ze niet. Misschien omdat ze moe was, of omdat ze vandaag te veel heftige emoties gehad, maar ze bleef het koud hebben. Ze was opgelucht toen Xavier voorstelde binnen in het cafeetje te eten en niet op het terras te gaan zitten.

De ruimte was gevuld met druk pratende Fransen en

de eigenaar kwam enthousiast op Xavier aflopen. Ze begroetten elkaar als oude vrienden en ze hoorde dat hij uitgebreid begon te vertellen over Chris' ongeluk.

Ondertussen liet ze de ruimte op haar inwerken. Ze rook natuurlijk als eerste knoflook, maar de vettige geur van roomsauzen hing ook zwaar in de lucht. Als boventoon gleed de vislucht af en toe voorbij. Het kon soms vermoeiend zijn dat haar neus zo sterk ontwikkeld was. En dat ze nooit ergens neutraal naar binnen kon stappen. Maar vaker gaf het haar juist rust; haar reukvermogen creëerde een eigen ruimte die niemand kende, waarin ze zich veilig voelde.

'Sterkte,' zei de eigenaar en keek haar vol medelijden aan. 'Met uw zus.'

Ze knikte als bedankje en ging snel zitten op de stoel die Xavier voor haar naar achteren had geschoven.

'Ik heb de vissoep voor je besteld. Hun specialiteit,' zei hij en schoof zelf ook aan. 'En een glas rosé.'

'Dank, maar geen wijn voor mij.'

Even keek hij haar vragend aan en leek toen ineens te beseffen wat er aan de hand was. 'Natuurlijk! Als neus mag je geen alcohol drinken. Dat lijkt mij vreselijk saai trouwens.'

'Ja voor jou als wijnkenner wel. Maar ik weet niet beter,' zei ze schouderophalend en ze bestudeerde de vergeelde zwart-witfoto's aan de muur. Charles Aznavour, Sinatra, Alain Delon en natuurlijk een jonge Brigitte Bardot.

'Wat lijkt Chris toch op haar hè,' constateerde Xavier, die duidelijk haar blik had gevolgd. 'Heb je overigens al een arts gesproken? Mij wilden ze niet veel zeggen.'

Jacky deed verslag van haar ziekenhuisbezoek en legde uit dat het er niet ongunstig uitzag. En terwijl ze het hem vertelde viel het haar op dat Xaviers ogen waterig werden. Ineens pakte hij haar handen. 'Het was vreselijk. Ik zag haar zo naar achter vallen. In één keer was ze uit beeld.'

Ze verstijfde. Was hij gisteravond op hetzelfde feest geweest? Had hij alles meegemaakt? Waarom had ze daar niet aan gedacht?

'Heb je het zien gebeuren?' stamelde ze en ze trok haar handen terug.

Xavier knikte. Tranen liepen nu over zijn wangen. 'Het was echt vreselijk.'

'Vertel! Kom op.' Ze ging rechterop zitten. Het bloed leek sneller door haar aderen te stromen. Haar wangen werden weer warmer. 'Had ze gedronken? Was het druk? Wat gebeurde er? Verloor ze haar evenwicht? Had ze drugs gebruikt?'

Xavier schudde zijn hoofd en depte met zijn servet zijn tranen weg. 'Nee nee, zo is het niet gegaan.'

'Hoe dan wel? Jezus, vertel,' zei ze harder. Xavier boog van schrik wat naar achteren en ze was zelf ook verrast hoe ongedurig ze klonk.

In flarden kwam eruit wat er gisteravond was gebeurd. Ze waren uitgenodigd voor de verjaardag van

Aleksis Volkov, een Russische oligarch wiens familie al decennialang elke zomer naar Nice kwam. Het beloofde een decadent feest te worden in een penthousesuite van Le Negresco. Veel kaviaar, escorts en champagne.

'Christine wilde niet gaan. Wat gek was. Voor ons feestbeest.'

Ze knikte. Daarin waren ze ook enorm verschillend. 'Op zich wel ja, maar het was door de week.'

'Klopt, hoewel dat hier niet veel uitmaakt. Zaken gaan gewoon door. Ik heb erg aangedrongen dat ze moest gaan omdat er veel potentiële klanten zouden kunnen komen.' Xavier friemelde aan zijn servet. 'Daar heb ik nu zo'n spijt van.'

Jacky negeerde zijn berouw. 'En toen?'

'Ze zag er natuurlijk schitterend uit. Al die Russen wilden met haar praten. Ze was de ster van de avond. Daar had ze het op een gegeven moment wel mee gehad en was op het balkon gaan staan. Ik ging binnen wat te drinken halen.' Hij bleef naar zijn servet kijken, waarschijnlijk om de confrontatie met haar blik te vermijden. 'Toen ik naar buiten liep zag ik haar vallen.'

'Zomaar?'

'Het was daar ook druk en ze had hoge hakken aan. Misschien gleed ze uit?'

Ze wachtte even met doorvragen tot de ober de soepkommen en het brood op tafel had gezet. Behalve de vis, rook ze pastis en de scherpe geur van cayennepeper. 'Domme pech dus?'

‘Vrees van wel,’ besloot hij en roerde de geraspte gruyère door de soep.

Ze kneep in het tafellaken en voelde een ongekende irritatie. Onterecht, maar ergens vond ze dat Xavier had gefaald. Hij had haar zus moeten beschermen. ‘En toen ben je naar beneden gegaan?’

Hij knikte. ‘Dat kan ik me nauwelijks meer herinneren, ineens stond ik buiten. Naast haar. Tussen al dat bloed.’

Ze sloeg haar handen voor haar gezicht en wreef over haar ogen. Haar grote zus. Hulpeloos op de grond. Waarom was ze in hemelsnaam naar een Russisch feest gegaan? Ze zei zelf altijd dat ze die oligarchen niet vertrouwde. Die waren zo rijk geworden omdat ze meedogenloos konden zijn. Had ze daarom die pepperspray bij zich gehad? Omdat ze toch bang was geweest?

‘Gaat het?’ vroeg Xavier.

Ze keek op. ‘Denk je dat ze niet wilde gaan omdat ze bang was?’

Xavier verslikte zich bijna in zijn soep. ‘Bang? Christine? Waarvoor?’

‘Klinkt wel onwaarschijnlijk hè?’

‘Onmogelijk, zou ik zeggen.’

Ze glimlachte. ‘Ik dacht misschien iets met die Russen.’

‘Geen fijne lui inderdaad. Maar nee, op het feest was echt niets raars aan de hand.’

Ze nam een hap. De zilte smaak rolde door haar mond. Precies zo kon haar vader hem ook maken. Langzaam zakte de spanning uit haar lichaam. 'Gewoon een ongeluk dus?'

'Ja, echt niet meer dan dat. Maar gelukkig wel een met een goede afloop.'

Ze maakte rondjes met haar lepel in de soep. Pech was ook de meest logische verklaring, maar toch, ergens leek het verhaal niet te kloppen. Misschien kon ze morgen als ze wat had geslapen helderder denken. Nu waren haar gedachten warrig en vol losse draadjes. Ze pakte haar waterglas en hield het omhoog. 'Op Christine.'

'Op snel herstel,' zei Xavier en hij tikte zachtjes tegen haar glas.

6

Het was een mooie ruimte. Groot, met drie openslaande deuren naar een terras. Gelakte houten vloer, bureautje, een opgemaakt hemelbed, verder een kitchenette en een keurige badkamer. Behalve lavendel door de open ramen, rook ze ook een lichte leergeur, hoewel niets in de ruimte daarvan was gemaakt.

'En is het in orde?' vroeg Rosalie, die al op haar horloge keek. Nadat ze een paar kasten had opengetrokken en alles in recordtempo had uitgelegd, wilde ze zichtbaar weer vertrekken. Ze was klein, vast pas rond de zestig maar met diepe rimpels van de zon en een onrustige mimiek. In korte tijd had ze al drie keer haar leesbril op- en afgezet. Toch straalde ze uit dat ze alles goed had geregeld en er altijd voor haar gasten zou zijn.

'Helemaal prima lijkt mij. Dank,' zei Jacky en ze gaf de vrouw een hand. Haar huid voelde verrassend zacht voor haar leeftijd. 'Fijn dat het op zo'n korte termijn nog kon.'

Rosalie haalde haar schouders op. 'Ach, het stond toch leeg. Trouwens, ik woon twee etages lager, op de begane grond. Als er iets is, bel je maar.'

Ze gaf haar een visitekaartje en glipte naar buiten. Jacky sloot meteen de gordijnen, kleedde zich uit, deed het grote licht uit en liet zich op bed vallen. Zo intens moe was ze nog niet zo vaak geweest. Misschien wel af en toe toen de kinderen klein waren en natuurlijk toen Tom net was overleden. Ze had die eerste maanden nauwelijks kunnen slapen, bang dat als ze haar ogen sloot zijn herinnering sneller zou vervagen.

Wat zou het fijn zijn geweest als hij nu naast haar lag. Haar schouders wat kon masseren en haar kon verzekeren dat alles goed zou komen. Iedereen zei haar altijd dat de tijd haar zou helpen. Dat met de jaren zijn dood steeds beter te verdragen zou zijn. Ze wist nu dat dat onzin was. Het gemis werd niet minder, maar juist steeds erger. Soms had ze geen zin meer om wakker te worden, om niet weer een dag alleen door te moeten brengen.

Natuurlijk stond ze toch elke ochtend weer op. Ze wilde een goede moeder zijn voor Duco en Cornelie. En zo nu en dan voelde ze zich ook echt vrolijk als ze samen met hen was. Maar dan kon ineens de gedachte dat haar kinderen zonder vader zouden opgroeien haar weer somber maken. Zo min mogelijk proberen te voelen, dat was haar overlevingsmechanisme geworden. Vandaag, met het nieuws over Chris, werkte die tactiek helaas een stuk minder. Dat ze zo moe was hielp niet.

Ze keek op haar mobiel. Alweer bijna halftwaalf. Bellen deed ze morgen wel. Ze stuurde alleen nog een berichtje naar Aimee dat het met Chris relatief goed ging en dat ze morgenochtend vroeg contact zou opnemen. Daarna knipte ze haar bedlampje uit. Het enige wat nu telde was slapen, om er morgen weer voor haar zus te kunnen zijn.

Ze schrok wakker van het geluid van een alarm. De wekker? De geur van verbrand rubber en scherpe rook drong haar neus binnen. In een keer schoot ze omhoog. Het licht van een zaklamp bewoog jachtig door de donkere kamer.

Ze gilde en zwaaide met haar armen.

Een man in het zwart kwam naar haar toe en scheen met een licht in haar gezicht.

'Rot op!' schreeuwde ze, happend naar adem.

'Madame. Rustig!'

Ze dook naar achteren, het laken meetrekkend. 'Help!'

'Rustig aan,' herhaalde de man. Hij wees op zijn oranje helm. 'Brandweer. Ik ben van de brandweer.'

Nu pas leek ze echt wakker te worden en haar ademhaling werd kalmer. Haar mond voelde nog droog. 'Is er vuur?'

Hij schudde zijn hoofd en riep in zijn helm. 'Alfa 1 hier. Alles veilig. Ik kom naar beneden.'

Een krakerig antwoord spoorde hem aan haast te maken.

'Wat is er aan de hand?' vroeg ze en hield het laken tot onder haar kin omhoog. 'Hoe kwam u binnen?'

'Op de stoep is afval in brand gestoken. Alles is meteen geblust,' zei hij kortaf en hij liep al naar de deur. 'We moesten voor de zekerheid het appartementengebouw checken. Maar alles is oké. Nergens brand.'

Rosalie stapte de studio binnen, deed het grote licht aan en vroeg de sleutels terug van de brandweerman. In rap dialect praatten ze elkaar bij. Jacky begreep er weinig van, maar kreeg wel door dat er niets meer aan de hand was. Haar hartslag ging omlaag. Wat een gedoe. Hoe laat zou het zijn?

'Zo, dat was even schrikken,' zei Rosalie toen de man vertrokken was. Ze sloot de deur en ging op de rand van haar bed zitten. 'Gaat het een beetje?'

Ze zuchtte. 'Ik geloof het wel.'

'Bizar toch? In één keer werd er op mijn deur gebonkt en stond er een heel brandweerteam onder mijn raam. Ik had niets van dat brandje gemerkt.'

'Gebeurt dat vaker?'

'Nooit! Althans niet hier,' zei ze met een lichte verontwaardiging in haar stem. 'Dit is een chique buurt.'

'Nou ja, kwajongens heb je overal.'

'Misschien.' Rosalie rilde en knoopte haar kamerjas strakker vast. 'Ik ben doodop. Ik duik nog een paar uurtjes mijn bed in.'

Jacky schoof dieper onder de lakens. Ze voelde zich ook nog zo extreem moe. 'Hoe laat is het eigenlijk?'

'Iets over drieën,' zei Rosalie en ze stond direct op. 'Trouwens, ik heb nog even nagedacht over wat je vertelde. Dat je zus was gestruikeld en over de balkonrand was gevallen.'

Jacky knikte.

'Nou, dat is dus volkomen onzin. Zo kan het echt niet zijn gegaan. Heb je gezien hoe hoog die balkonhekken van het Negresco zijn?'

Ze schudde haar hoofd. 'Nee, ik ken het hotel niet.'

'Zeker anderhalve meter,' zei Rosalie vol overtuiging. 'Daar val je niet zomaar overheen.'

'O, dat wist ik niet.' Jacky hoorde hoe suf haar reactie klonk, maar ze was te moe. Nu een normaal gesprek voeren was onmogelijk.

'Als ik jou was zou ik morgen daar zelf maar eens een kijkje gaan nemen.'

'Zal ik doen,' zei ze en draaide zich op haar zij. 'Sorry, maar ik moet gaan slapen. Ik ben kapot.'

'Natuurlijk. Begrijp ik. We spreken elkaar morgen,' zei Rosalie en ze deed meteen het licht uit. Zachtjes sloot ze de deur.

Jacky wist dat ze niet aardig was geweest. En dat Rosalie zich vast oprecht zorgen maakte. Maar het voelde nu als vervelende bemoeienis. Fransen hadden altijd overal een mening over. En op bangmakerij zat ze al helemaal niet te wachten. Misschien kon ze morgen wel even naar het hotel gaan. Gewoon, om een beter beeld te krijgen van wat er gebeurd kon zijn.

Haar lichaam werd zwaarder en ze voelde dat ze wegzakte. Maar vlak voordat ze in slaap viel besefte ze ineens dat ze Rosalie helemaal niets over de val had verteld. Hoe wist ze dat eigenlijk? Zou het roddelcircuit in Nice nu alweer op volle toeren draaien? Morgen moest ze dat maar eens checken en luisteren wat er over Chris werd gezegd. Morgen. Nu eerst slapen, sprak ze zichzelf toe en liet zich langzaam wegglijden.

7

'Een brandje, autodiefstal en een man die je misschien volgt?' vatte Aimee de gebeurtenissen van gisteren samen. 'Het lijkt verdorie wel een derdewereldstad. Beter nog, het ís een derdewereldstad. Ben je niet bang?'

'Nee, eigenlijk niet,' besefte Jacky ook tot haar eigen verrassing. Ze kon weleens angst voelen en af en toe werd ze ongedurig of geïrriteerd. Maar voor de rest waren haar emoties de laatste jaren redelijk afgevlakt. Niet meer extreem verdrietig, boos of heel erg gelukkig.

Door alle gevoelens in te perken, was de pijn van al het verlies ook minder voelbaar. Het was een werkbare manier om door te kunnen leven.

'Nou, ik zou maar uitkijken,' besloot Aimee en Jacky hoorde dat ze haar kinderen vertelde hun schooltassen te pakken. 'Ga je zo meteen naar het ziekenhuis?'

Ze had haar tante uitvoerig verslag gedaan van Chris' toestand en net Cornelie uitgebreid gesproken, en toch voelde ze weinig verbinding. Haar gezin in Delft was met hun eigen dagelijkse beslommeringen bezig en toonde weinig interesse in wat er hier allemaal gebeurde. Dat was misschien maar goed. Vanuit Nederland konden ze toch weinig doen. En waarschijnlijk kon ze ook niet precies overbrengen hoe heftig het was om je zus in coma te zien liggen.

'Ja, om negen uur begint het bezoekuur. Ik sta nu op de boulevard en wilde eerst even gaan zwemmen.'

'Is het nog zo lekker weer?'

'Heerlijk is het.' Ze keek de lange promenade af. Joggende mensen, bejaarden met hun hondje, skateboards, toeristen in te blote kleren en zakenmensen in pak liepen door elkaar heen. Dat Nice een stad en badplaats ineens was, maakte het eigenlijk best tot een bijzondere plek. 'En het zeewater is vast nog warm.'

'Ja ja, ik kom,' riep Aimee afwezig naar de kinderen. 'Sorry schat, maar ze moeten naar school. Bel je mij later? En voorzichtig doen!'

Ze beloofde op te letten en stopte haar mobiel in haar tas. Met enige moeite wiebelde ze over de grijswitte kiezels naar de zee. *Galets* noemden de Fransen ze en de meeste Nederlandse toeristen die witte zandstranden gewend waren, vonden ze een ramp. Maar voor haar voelden ze vertrouwd. De eerste jaren na haar moeders dood kwam ze nog samen met Chris hier zomers lang haar vader opzoeken. Elke ochtend gingen ze dan heel vroeg met zijn drietjes zwemmen, net als veel Niçoisers dagelijks deden voordat de toeristen zich lieten zien. Hun vader droeg haar dan over de keien naar de zee en liet haar langzaam in de branding zakken.

Nu stapte ze zelf de golven in, die inderdaad nog heerlijk op temperatuur waren. Ze dreef op haar rug en rook het zout en de pregnante geur van rottend zeewier. Dat haar vader hen vijfendertig jaar geleden ineens niet meer wilde ontvangen, was echt onmenselijk geweest. Zeker na alles wat er al met hun moeder was gebeurd. Het was een vreemd idee dat die zak hier nog steeds ergens woonde.

Ze draaide zich op haar buik en zwom in hoger tempo naar de volgende blauwe boei. Dat was zo ingewikkeld van een bezoek aan Nice: al die herinneringen die terugkwamen. Maar ze wilde niet meer aan haar vader denken en aan de heerlijke jaren met haar moeder. Die waren definitief voorbij. Ze moest zich richten op wat er nog wel was in haar leven. Haar kinderen, Chris, Aimee en natuurlijk haar werk.

Ze nam een hap lucht en probeerde nog sneller naar de volgende boei te zwemmen. En wat er nog over was, was genoeg om een soort van gelukkig mee te kunnen zijn. Iedereen maakte vervelende dingen in zijn leven mee, maar het ging erom hoe je er zelf op reageerde, zei Aimee altijd. En ze had gelijk, je eigen houding bepaalde uiteindelijk de impact van verdriet op wie je was.

De inspanning van het hoge tempo deed haar goed

en haar hoofd voelde al leger. Lenig zwom ze om de boei heen en net wilde ze weer wat versnellen om terug te zwemmen toen ze in de verte een figuur bij haar tas zag zitten. Verdomme, kon je hier niet eens meer een stuk in zee zwemmen zonder voor je spullen te vrezen?

Ze zette haar kiezen op elkaar en dook crawlend de golven in. Wat dacht die vent wel niet? Haar ademhaling versnelde. Ze keek op maar zag dat ze niet veel dichterbij was gekomen. Haar beenspieren verstijfden. De stroming was veel te sterk om schuin terug te kunnen zwemmen en het leek zelfs alsof ze alleen maar verder uit de kust dreef.

Nogmaals dook ze het water in en zette extra kracht, maar nu verkrampten haar schouders. Ze kreeg haar armen niet meer omhoog. Het enige wat nog lukte was in schoolslag in een rechte lijn naar de kust. Steeds trager gingen haar slagen en steeds krachtiger leek de stroming te worden. Tergend langzaam kwam ze door de branding heen en liet zich hijgend op de golven meedrijven naar het strand.

Uiteindelijk kroop ze op handen en knieën de kiezels op. Voorover hangend moest ze eerst op adem komen, voordat ze naar haar tas kon lopen. Natuurlijk was de persoon allang verdwenen en voor zover ze kon zien, liep hij ook niet meer langs de branding. Nog nahijgend vroeg ze aan een ouder echtpaar in de buurt of ze hadden gezien wie naast haar spullen had gezeten, maar hun was niets bijzonders opgevallen.

Snel controleerde ze of haar mobiel of portemonnee waren verdwenen, maar alles zat nog gewoon in haar tas. Ook haar kleren en handdoek lagen er onaangeroerd bij. Had ze het zich dan verbeeld? Was ze onbewust toch gevoelig voor de bangmakerij van Aimee? Ze moest zich niet zo makkelijk gek laten maken, besloot ze.

Vlug droogde ze zich af en deed haar natte bikini uit. Haar armspieren trilden nog een beetje na, maar het lukte toch het blauwe zomerjurkje van Chris over haar hoofd aan te trekken. En ineens rook ze een zweem van oud leer, precies zoals gisteravond in haar studio. Vreemd, zo vaak kwam ze niet exact dezelfde geur tegen. Misschien was er ergens een verwerkingsbedrijf dat die lucht verspreidde. De meeste mensen rook ze al eerder dan ze ze op zicht kon herkennen en langer dan ze in beeld waren geweest.

Opgelucht dat haar spullen compleet waren, verzamelde ze alles en liep de boulevard weer op. Nu moest ze snel een taxi vinden om op tijd in het ziekenhuis te kunnen zijn.

'Madame.' Een oude man op een bankje wenkte haar. 'Madame!'

Ze wees naar een denkbeeldig horloge aan haar pols om aan te geven dat ze haast had. 'Sorry meneer, geen tijd.'

Maar toen de man met veel moeite probeerde op te staan, voelde ze zich meteen schuldig en liep snel naar hem toe. 'Kan ik iets voor u doen?'

De man schudde zijn hoofd. 'Ik wilde u alleen iets zeggen.'

Zijn stem kraakte erg en ze moest dichterbij komen om te horen wat hij zei. 'Vertelt u maar.'

'Er heeft net op het strand een man bij uw spullen gezeten.'

'Ja, dat had ik zwemmend ook gezien, maar ik was te laat terug op het strand. Wel ontzettend vriendelijk van u dat u dat even meldt.' Zie je wel, ze was niet gek. 'Kunt u hem misschien omschrijven?'

De man maakte een afwerend gebaar. 'Nee, met die opkomende zon kon ik het moeilijk zien. Maar ik geloof dat hij niets heeft mee genomen. Hij liep heel rustig weer weg.'

'Ja, dat merkte ik al. Maar dank u wel voor uw opmerkzaamheid,' zei ze en ze gaf de man een hand. 'U hebt mij erg geholpen. Hebt u ook nog kunnen zien waar hij heen ging?'

De man wees met een bibberende hand de kant van het strand op waar zij net uit het water was gekropen. 'Richting het oostelijke gedeelte van de boulevard.'

Dat was bizar. Was de vent dan ijskoud langs haar heen gelopen? Die gast had lef. Ze bedankte de oude man opnieuw en liep terug naar de rand van de stoep. Gelukkig kon ze nu wel direct een taxi aanhouden en ze dook meteen achterin. 'Polyclinique Saint George. Zo snel mogelijk graag.'

De hotels aan de boulevard schoten voorbij en toeristen stapten vol vrolijke strandspullen enthousiast de dag tegemoet. Zo krachtig als ze altijd had geprobeerd de stad uit haar geheugen te verbannen, zo volhardend kwam die ook altijd weer onder haar huid terug. Emotioneel afstand nemen van deze specifieke plek op aarde lukte haar maar niet. Het was alsof de stad niet toeliet dat ze zou vergeten wat hier allemaal was gebeurd. Ze sloot haar ogen en liet zich meedeinen op het ritme van de gammele taxi. Eén ding wist ze zeker. Zodra Chris weer was opgeknapt, boekte zij het eerste vliegtuig terug naar huis.

8

Jacky negeerde wederom het Mariabeeldje en liep meteen door naar Chris' kamer. De ruimte was duidelijk net geboend; een synthetische citroengeur hing nog zwaar in de lucht. Ze legde de schone spullen in een kast en schoof een kruk bij het bed. Chris lag er nog net zo sereen bij als gisteravond.

Toch voelde Jacky zich ongemakkelijk en wist eigenlijk niet zo goed wat ze moest doen. Het leek alsof haar zus achter een geluidsdichte glaswand leefde; wel zichtbaar maar volledig onbereikbaar. Zo graag zou ze haar willen vertellen wat er gisteren allemaal was gebeurd en vragen wat haar nou precies die nacht in het Negresco was overkomen.

Voorzichtig pakte ze een pluk van haar haar en maakte een smal vlechtje. En gedachteloos ging ze verder met de volgende. Dit soort rastavlechtjes draaiden ze als pubers heel vaak bij elkaar in. Ze wilden allebei dolgraag dreadlocks, maar Aimee vond dat niet zo'n goed idee. Hun tante liet wel oogluikend toe dat ze thuis hun haren zo apart gevlochten droegen.

Nu begreep ze volkomen waarom Aimee er toen niet zo enthousiast over was. Ze zagen er ongetwijfeld vijf jaar ouder uit, met alle aandacht van oudere jongens als ongewenst effect. Jacky had sowieso als alleenstaande moeder meer begrip gekregen voor de heftige situatie waarin Aimee zich jaren geleden ineens bevond. Onverwacht was ze verantwoordelijk geworden voor de twee jonge dochters van haar zus terwijl ze zelf geen kinderen had. Bovendien had ze ook nog te maken met een afwezige vader die nooit ergens zijn verantwoordelijkheid voor nam. Het bleef bijzonder hoe liefdevol haar tante hen al die jaren had opgevangen. En daarnaast ook nog de parfumerie van bijna failliet naar een groot succes had gebracht.

'Je krijgt veel liefs van Aimee,' zei ze hardop en begon met de volgende vlecht. 'Ze was zo geschrokken. Iedereen trouwens. Ook de kids vroegen vanmorgen bezorgd hoe het met hun lieve tante ging.'

Haar woorden galmden natuurlijk onbeantwoord de kamer rond en haar maag kromp samen. Wat was dit vreselijk ellendig. Het liefst had ze Chris over haar schouder gelegd en direct mee naar buiten genomen.

'Je moet wel snel wakker worden schat. Je bent mijn grote zus, ik heb je nodig,' ging ze steeds luider verder.

Maar ze hoorde zelf de wanhoop in haar stem en probeerde van onderwerp te veranderen. 'Ik heb gisteren trouwens gezellig met Xavier gegeten.'

'Goed zo, u praat met haar,' constateerde de arts die opnieuw zonder te kloppen de kamerdeur openzwaaide. 'Het is belangrijk om te proberen contact te maken met een comateuze patiënt. Ze hebben het nodig om gestimuleerd te worden.'

'Maar ze had toch ook rust nodig?' vroeg ze meteen, want ze had zich vannacht voorgenomen de arts assertiever te benaderen. In de hoop meer informatie te krijgen. 'Juist om wakker te kunnen worden.'

De arts ging aan het voeteneinde staan. 'Dat is volkomen correct. Stimulatie moet ook heel gedoseerd gebeuren. Maar uw zusters herstel gaat zo voorspoedig dat we nu al de medicijnen aan het afbouwen zijn.'

'Dat is dus goed nieuws?' vroeg ze opnieuw, nu op zoek naar bevestiging en zekerheid.

'Absoluut. Ik vermoed dat ze morgen al een stuk alerter zal zijn.'

Ze zuchtte en voelde de spanning uit haar schouders wegzakken. 'En hebt u ook al de uitslagen van het bloedonderzoek gekregen?'

Hij knikte. 'Bijna schoon. Alleen een spoor van rohypnol. Dat zou de evenwichtsstoornissen kunnen veroorzaken. En zou dus ook haar val kunnen verklaren.'

'Rohypnol?'

'Dat is een veelgebruikt slaapmiddel. Heeft uw zus last van slapeloosheid?'

Ze schudde haar hoofd en keek naar Chris. 'Volgens mij niet. Ze sliep altijd als een roos.'

'Wellicht, maar soms blijkt dat we minder weten van de ander dan we denken. Misschien wilde ze u niet met haar kwaal belasten.'

'Misschien ja,' herhaalde ze maar ze was niet overtuigd. Dit soort dingen deelden ze normaal wel met elkaar.

De man wreef in zijn handen. 'Nou, ik moet weer verder. Ik spreek u vast morgen weer. Houd moed.'

'Veel dank, dokter…?'

'Lambert,' zei hij en gaf haar een hand. 'Excuses, ik dacht, omdat ik uw vader al zo lang ken, dat hij u mijn naam wel had verteld en…'

'Mijn vader heb ik sinds mijn negende niet meer gesproken,' onderbrak ze hem en trok haar hand terug. 'Tot morgen dokter Lambert.'

Hij keek haar met opengesperde ogen aan en even leek het alsof hij iets wilde zeggen, maar hij besloot dat het verstandiger was om niet op haar opmerking in te gaan. Hij knikte haar toe, draaide zich om en verliet vlug de kamer.

Een pijnscheut schoot achter haar ogen langs. Waarom moest hij nou over haar vader beginnen? Ze nam een slok water en haalde diep adem. Als ze maar geen migraineaanval kreeg. Snel graaide ze in haar tas naar een triptanentablet. Sinds Toms onverwachte dood waren de aanvallen zo frequent geworden dat ze ze alleen nog met zware medicijnen onder controle kreeg. Net toen ze nog een verdwaalde pil had gevonden, ging haar mobiel.

'Albert.'

'Goedemorgen schat. Ondanks alles toch een beetje kunnen slapen? Al nieuws over je zus?'

Zijn opgewekte stem deed haar goed en ze stopte het pilletje terug in haar tas. 'Ik ben toevallig net in het ziekenhuis. Die Lambert was heel positief. Hij verwacht dat ze morgen uit haar coma komt.'

Ze hoorde dat hij een gilletje gaf. 'Wat fijn.'

'Een enorme opluchting ja,' zei ze en ze streelde Chris' vingers. 'Heb je het trouwens druk?'

'Vanmiddag heb ik pas een bezichtiging. Wil je samen wat lunchen? Dan kom ik je zo halen.'

'Heel graag, maar kunnen we daarvoor nog even ergens langsrijden?'

'Natuurlijk. *At your service my lady.*'

'Mooi, dan zie ik je zo voor het ziekenhuis.'

Ze deed haar telefoon terug in haar tas en gaf Chris een kus op haar voorhoofd. 'Tot vanmiddag lieverd. Ik ga nu eerst iets voor je uitzoeken.'

9

Albert parkeerde de scooter op de stoep en samen liepen ze over de rode loper het hotel binnen. Overal glimmend marmer, klassiek meubilair en een overvloed aan oude kleuren en zware gordijnen. Toch oogde het ook verrassend fris. Misschien kwam het wel door de afwezigheid van een stoffige geur. De ruimte rook modern, naar net gewassen katoen.

De portier in een blauwe jas tikte tegen zijn rode hoed met pluim. 'Meneer, mevrouw. Welkom in het Negresco.'

Ze knikten hem toe en Albert stak zijn arm door die van haar.

'Nu zijn we even een stel,' fluisterde hij in haar oor. 'Naarstig op zoek naar een suite om ons huwelijksjubileum te vieren.'

Ze grinnikte. Voordat ze überhaupt had kunnen bedenken hoe ze het zouden aanpakken had Albert alweer een plannetje klaar.

'Zijn we eigenlijk *gelukkig* getrouwd?' vroeg ze.

Quasiverontwaardigd keek hij haar aan. 'Natuurlijk niet. We zijn wel Frans hoor.'

Ze gingen naast een luid Amerikaans stel aan de balie staan en werden meteen vriendelijk begroet door een jonge receptioniste. Albert legde uit dat ze een paar dagen geleden in een fantastisch suite het privéfeest van de familie Volkov hadden gehad. En dat ze eraan dachten die ook voor hun eigen borrel af te huren.

'Ik weet het precies. Meneer Volkov komt hier vaak,' zei de receptioniste verheugd. 'Dat moet de suite Marie-Antoinette zijn geweest. Inderdaad een mooie ruimte helemaal in Louis Seize-stijl. Welke datum had u in gedachten?'

'Dat zal ergens begin december worden. Maar zouden we de kamers eerst nog even mogen bekijken?' vroeg Albert met een stroperige stem.

Toen de jonge vrouw wat bedenkelijk keek, voegde Jacky er snel aan toe. 'We kunnen namelijk niet meer precies herinneren of het groot genoeg was.'

Maar de toevoeging leek haar niet te overtuigen. 'Ik weet niet of dat gaat lukken.'

'Meneer Volkov zei dat het waarschijnlijk geen probleem zou zijn,' bedacht Albert ter plekke.

Nu begon de receptioniste ineens driftig te knikken, keek in de computer en wenkte daarna de conciërge. 'U hebt geluk. De suite is nu niet bezet. Jean zal jullie de weg wijzen.'

De conciërge snelde voor hen uit en ze moesten grote stappen nemen om hem bij te houden. Toch stopte Jacky even onder de grote glazen koepel die werd gedragen door met bladgoud beschilderde zuilen. Haar vader had de romantische koepel een keer een ordinaire suiktertaart genoemd. Toen was ze boos geworden, want als meisje vond ze het juist een sprookjespaleis. Nu ineens begreep ze zijn beschrijving veel beter. Het bouwwerk was pure kitsch.

Glimlachend liep ze door de lobby en zag dat Jean en Albert al bij de lift op haar stonden te wachten, maar ze gebaarde dat ze daar niet zou instappen.

'O, natuurlijk niet, sorry, we nemen de trap. Welke etage?' vroeg Albert.

Jean keek hem even verbaasd aan, maar reageerde daarna meteen professioneel. 'De vierde. Ik loop met u mee.'

Langs de brede trap omhoog hingen moderne en klassieke kunstwerken door elkaar. Vlak voor ze op de vierde verdieping kwamen, herkende ze zelfs een schilderij van Dalí. Ze liepen een lange gang door en aan het einde opende Jean een dubbele deur. Direct stapten ze een zee van licht binnen. De suite bestond uit drie ruime kamers die grote ramen hadden, allemaal met uitzicht op zee. Jean bleef discreet bij de deur wachten en samen met Albert deed ze alsof ze de omvang van de ruimtes inschatte.

'Ik vermoed dat hier wel dertig mensen in kunnen,'

riep ze vanuit de achterste kamer. Daarna opende ze een balkondeur en stapte het terras op. In de brandende zon bleef ze doodstil staan. Haar keel kneep samen. Rosalie had verdorie gelijk. Dat gietijzeren hek was inderdaad hoog, daar viel je niet zomaar overheen.

'Gaat het?' vroeg Albert die naast haar was komen staan. 'Raar gevoel hè, dat het hier gebeurd is.'

Ze knikte en wilde naar de rand lopen, maar ze kreeg geen stap verzet. Albert merkte haar aarzeling en zonder iets te zeggen liep hij er heen en keek naar beneden.

'Best hoog. Ze heeft echt geluk gehad.' Hij rammelde aan het hek. 'Het is stevig en komt bijna tot mijn borst. Daar val je niet per ongeluk overheen.'

Haar linkerbeen begon te trillen. 'Xavier denkt wel dat het een ongeluk was.'

'Zo te zien is dat toch wel heel onwaarschijnlijk, maar ik zal het hem nog eens vragen,' zei Albert en hij nam een paar foto's van het hek. 'Ik stuur deze wel even naar hem op. Misschien kan hij zich dan wat meer van de avond herinneren.'

Jean kwam vertellen dat het kamermeisje aan het werk moest en ze liepen met hem mee de gang op. Zwijgend namen ze de trap, bedankten de receptioniste en beloofden dat ze snel contact met haar zouden opnemen.

Toen ze bij de scooter stonden, vroeg ze Albert wat hij dacht dat er was gebeurd.

Hij schudde zijn hoofd. 'Ik weet het echt niet schat. Een ongeluk lijkt onwaarschijnlijk, maar dat ze geduwd zou zijn klinkt nog ongeloofwaardiger.'

'Ben ik met je eens,' zei ze en ze beet op haar duimnagel. Een slechte gewoonte als ze zich concentreerde. 'Maar de optie die dan nog overblijft is helemaal vreselijk.'

Even keek hij haar onderzoekend aan en maakte toen meteen een wegwerpgebaar. 'Nee, dat mag je niet denken. Dat slaat helemaal nergens op. Ze was totaal niet depressief.'

'Dat zou ik normaal ook zeggen. Maar ik wist ook niet dat ze pepperspray bij zich had en slaappillen slikte.'

Een diepe rimpel verscheen in zijn voorhoofd. 'Hou op. Je haalt je allemaal onzin in je hoofd.'

'Maar je weet toch wel dat mijn moeder...'

Alberts telefoon rinkelde luid en hij pakte hem uit zijn binnenzak. 'Het is Xavier. En wij gaan het hier nooit meer over hebben.'

Ze hoorde dat het gesprek over een verhoging op het terras ging en ze staarde ondertussen de boulevard af. Albert had gelijk, ze moest zich geen onzinscenario's in haar hoofd halen. Maar het was zo frustrerend dat ze niet wist wat er was gebeurd.

Geconcentreerd bestudeerde ze een groep kraaien die woest een vuilnisbak leegroofde. En ineens zag ze aan de overkant van de straat een voorovergebogen man op dezelfde manier naar de vogels kijken. Waar kende ze die vent van?

'Jacky? Hoorde je wat ik zei?'

Ze zag nu pas dat Albert het telefoongesprek had afgerond. 'Sorry, ik was in gedachten. Vertel.'

'Xavier dacht zich te kunnen herinneren dat er een verhoogd dansvloertje had gelegen. Maar hij stelde voor vanmiddag tijdens een receptie het zelf even met Volkov te bespreken. Hij stuurt je straks een bericht met het adres.'

Als ze ergens niet op zat te wachten, was het een gesprek met een proleterige Rus. Maar Xavier had wel gelijk dat hij waarschijnlijk meer over het verloop van die avond kon vertellen. 'Oké, zullen we in afwachting daarvan dan maar wat gaan lunchen?'

'Uitstekend, stap maar achterop.'

En terwijl Albert behendig de scooter de brede boulevard op draaide, viel het haar op dat de man aan de overkant alweer was verdwenen.

10

‘Wat kan een goedbereide salade niçoise toch lekker zijn. Vooral de zoute ansjovisfiletjes brachten het helemaal in balans,’ zei ze en stak haar arm weer door die van Albert. Normaal zocht ze fysiek contact niet graag op, maar Albert creëerde een intieme sfeer waardoor het vanzelfsprekend werd elkaar aan te raken – als bij een broer die ze nooit had gehad.

‘Franchin is zo’n restaurant waar ze het aandurven het heel simpel te houden. Ik ben verliefd op die tent.’

Ze liepen over het overvolle place Masséna. Een plein waar ze vroeger vaak was geweest, maar dat ze nu bijna niet meer herkende. Het was mooi opgeknapt, met bijzondere kleurrijke beelden op een soort uitkijkpalen en een weelderig groen park met een fontein waarin kinderen speelden. Er was een straatartiest die het publiek aan het dansen kreeg en een tram reed er gemoedelijk tussendoor. Op dit soort momenten begreep ze waarom Chris hier twintig jaar geleden weer wilde gaan wonen.

'Loop je mee naar het kantoor?' vroeg Albert en hij zwaaide naar een bekende aan de overkant van het plein. 'Misschien is Pierre beschikbaar. Anders regelen we een Uber om je naar het ziekenhuis te brengen.'

Ze staken het plein over naar de avenue Verdun. Een paar jaar geleden had Christine hier een pand gekocht en grondig verbouwd. Het resultaat was een eigenzinnige combinatie van Scandinavisch minimalisme en Franse chic. Het gebouw sprak haar internationale clientèle duidelijk aan, want sindsdien werd ze overspoeld door werk. Haar flair en brede netwerk hielpen daar natuurlijk ook bij.

Jacky had bewondering voor het ondernemerschap van haar zus. Ze moest er niet aan denken om Durandia Parfums zelf te leiden en was blij dat Aimee die taak jaren geleden al op zich had genomen.

Ze bleven voor nummer zeven staan, een imposant art-decogebouw dat precies tussen Hermès en Cartier in lag. DURANDIA IMMOBILIERE stond in sierlijke letters op de grote ramen gedrukt.

'Kijk eens wie hier is,' zei Albert toen hij de deur van het kantoor voor haar openhield.

Vanachter verschillende bureaus stonden werknemers op, die haar om de beurt omhelsden.

'We zijn allemaal zo geschrokken,' vatte Lisa, de secretaresse van Christine, de gevoelens van de medewerkers samen. 'We hopen dat ze snel weer terugkomt.'

Jacky hoorde het wel maar luisterde niet echt. Ze was afgeleid door de zo herkenbare geur. Een mix van vanille, musk en kastanje, met een basisnoot van sandelhout. Alsof Chris hier nog zelf rondliep. Die nabijheid voelde ongemakkelijk en ze vroeg ter afleiding welke huizen Chris in haar portefeuille had. Lisa wilde net op een groot scherm foto's van de huizen laten zien, toen Pierre het kantoor binnenliep.

'Ah, madame Duran, wat goed dat ik u hier tref.'

Ze gaf hem een hand en het viel haar op dat hij nog net zo naar zweet rook als bij hun eerste ontmoeting.

'Hallo Pierre, beetje bijgekomen van de schrik?'

De vraag was een uitnodiging voor een vlammend betoog over het slecht functioneren van de politie. En dat hij nu echt al het geloof in het bestuur van deze rotstad had verloren.

'U gelooft het niet, maar dat tuig weigerde zelfs mijn aangifte op te nemen,' besloot hij handenwringend zijn verhaal.

Ze besefte dat dit gesprek nog wel even zou gaan duren en ging op de rand van Chris' bureau zitten. 'Waarom niet?'

'Ja, het is onbegrijpelijk. Echt onbegrijpelijk,' zei hij en schudde driftig met zijn hoofd. Zweetdruppels vlogen in het rond. 'Ze zeiden zelfs: "Ze heeft haar spullen toch terug." Ik zweer het je. Dat zeiden ze gewoon!'

'Nou, op zich hebben ze daar natuurlijk wel gelijk in,'

zei Albert die bij het gesprek kwam staan. 'Feitelijk is er niets weg.'

Pierre hief wanhopig zijn handen in de lucht. 'Feitelijk is er *wel* een overval gepleegd.'

'Maar ik neem aan dat ze daar wel een melding van hebben gemaakt,' suste Albert.

Verslagen door zoveel onbegrip zuchtte Pierre. 'Niets. Begrijp het dan toch. Er is niets genoteerd.'

'Dat is dan niet zo professioneel,' concludeerde Albert. 'Maar zou je misschien...'

'Niet professioneel?' onderbrak Pierre Alberts vraag. 'Het is puur wanbeleid. Het hele politiecorps is hier corrupt. Het is een grote boevenbende en de stad gaat eraan kapot.'

'Je mening is duidelijk Pierre,' zei Albert nu strenger. 'Maar ik wilde je vragen of je Jacqueline naar het ziekenhuis zou kunnen brengen.'

Pierre had door dat zijn visie geen goede bodem vond en antwoordde gedwee dat hij dat graag zou doen.

'Ik haal even de auto en rijd over vijf minuten voor,' zei hij en glipte meteen de deur uit.

Ze wipte van het bureau af. 'Wat een frustraties. Is het echt zo erg hier?'

'Het valt reuze mee. Niçoisers klagen nou eenmaal graag,' relativeerde Albert en hij schoof achter zijn eigen bureau. 'Sorry, maar ik moet echt even wat telefoontjes plegen.'

'Begrijp ik. Ga je gang.'

'Zal ik totdat Pierre met de auto terugkomt nog wat huizen laten zien?' vroeg Lisa, die al die tijd naast het scherm was blijven wachten.

Jacky knikte en ze was opgelucht dat ze zich even kon concentreren op de mooie foto's en Lisa's zangerige stem. Sinds haar komst in Nice gebeurde er continu iets en in combinatie met de overvloed van geuren was het haar eigenlijk te veel. Ze had juist gekozen voor een rustig bestaan in Delft omdat nieuwe prikkels zo ongefilterd bij haar binnenkwamen.

'Dit is echt een favoriet van mij,' zei Lisa en ze wees naar een huisje met lichtblauwe luiken aan een beek. 'Negentiende-eeuws maar met oog voor historische details gerestaureerd. Onder de rook van Vence, vijftien minuutjes hier vandaan.'

'Inderdaad heel charmant,' beaamde Jacky en glimlachte om de typische makelaarstaal die duidelijk internationaal was.

De volgende foto toonde een wild terrein met bloeiende bougainville, jasmijn en lavendel. Jacky slikte. Deze plek leek veel op de tuin waarin ze vroeger met Chris speelde. Eindeloos lange zomers waren ze buiten op zoek naar vlinders, regen ze kettingen van bloemen en zwommen ze in een brede vijver. Zelf vond ze de op monsters lijkende waterplanten best eng, maar samen met haar onverschrokken zus durfde ze de confrontatie iedere keer weer aan.

'Deze tuin hoort bij een authentiek, magnifiek achttiende-eeuws *manoir*. Het ligt hier vlakbij, net buiten Biot. De ligging is uitzonderlijk rustig, midden in de bossen en heeft ook nog eens een verpletterend uitzicht op zee. De oude man die er nog woont, vindt het vreselijk het te moeten verkopen, maar hij kan het niet meer zelf onderhouden. Zonde natuurlijk, want het is echt bijzonder,' vervolgde Lisa haar verkooppraatje. 'Christine was hier druk mee bezig. Ze had al veel bezichtigingen gehad.'

Voordat Jacky het grote huis goed had kunnen bekijken, rende Pierre alweer naar binnen. 'Ben er, maar de auto staat dubbel geparkeerd.'

Jacky nam snel afscheid van iedereen, beloofde Albert te appen hoe het met Chris was en al lopend naar buiten wierp ze nog een laatste blik op de afgebeelde foto. Dit landhuis, waar had ze dat laatst nu ook alweer eerder gezien?

Voordat Pierre de zoveelste tirade kon houden over het verval van zijn stad, belde ze in de taxi vlug Aimee. Haar tante was duidelijk blij haar stem te horen en luisterde geïnteresseerd naar de toestand van Chris en vroeg uitvoerig naar de laatste gebeurtenissen in Nice.

'Ach kindje, wat krijg je het toch weer zwaar te verduren. Ik zou zo graag daar bij jou zijn.'

'Dat weet ik ook en dat is heel lief van je,' zei ze en ze zag het moderne kunstmuseum schitteren in de zon. Misschien dat ze daar vanmiddag wel even kon binnenwippen.

Aimee vertelde vervolgens over het werk waar het ongekend druk was. En dat de Bijenkorf was komen praten over een nieuwe instore opstelling. 'Ga je trouwens nog even langs de fabriek? Ik denk dat ze het in Grasse heel leuk zouden vinden je weer eens te zien.'

Jacky antwoordde niet meteen. Ze had er natuurlijk zelf ook aan gedacht, maar wist niet zeker of ze het wel aankon. Op een of andere manier waren de bezoeken altijd emotioneel beladen. Waarschijnlijk omdat haar moeders aanwezigheid er zo tastbaar was.

'Ik denk dat het wel goede afleiding is,' vulde Aimee aan.

'Misschien wel ja.'

Aimee liet het onderwerp gelukkig verder rusten en vertelde dat Jacob had aangeboden de kinderen uit school te halen.

'Hoezo Jacob?' vroeg Jacky meteen. De broer van Tomas nam zijn neefje en nichtje in het weekend regelmatig mee naar Blijdorp. Maar door de week ophalen had hij nog nooit eerder gedaan.

'Hij bood aan te helpen,' legde Aimee uit. 'Ik hoop niet dat je het vervelend vindt, maar ik moet eerlijk zeggen dat het mij wel goed uitkomt.'

Jacky volgde de repeterende rij palmen die steeds sneller voorbijschoten. Nee, vervelend vond ze het niet, maar plezierig eigenlijk ook niet echt. Tomas was gek geweest op zijn oudere broer, maar ze had nooit goed contact met hem gehad. Hij was het type zwijgzame vrijgezel dat zich moeilijk kon binden. Ooit begon hij als belastingadviseur, maar hij had ineens zijn kantoorbaan vaarwel gezegd en was een eigen bierbrouwerij in Rotterdam gestart. Met groot succes, dat wel. De kinderen vonden hun stoere oom fantastisch en daarom bleef ze hem uitnodigen, maar zelf was ze bij hem wat op haar hoede. Hij was niet onbetrouwbaar of iets dergelijks, maar ze had het altijd merkwaardig gevonden dat hij zich ten opzichte van haar zo terughoudend opstelde.

'Het is fijn dat hij je helpt,' zei ze uiteindelijk.

Aimee was even stil. 'Ik weet dat je hem wat stug vindt, maar voor de kiddo's is hij lief en ik vind hem altijd erg grappig. Maar als je het liever niet hebt...'

'Nee, het is echt geen probleem. Je hebt het al druk genoeg en kunt alle steun goed gebruiken.'

Ze namen afscheid en het viel haar nu pas op dat Pierre bijna honderdvijftig op de drukke snelweg reed. De taxi rammelde aan alle kanten en hoewel het niet ongevaarlijk was, vond ze het eigenlijk wel prettig. Het maakte dat Pierre zich moest concentreren op het verkeer en zij even rust had. Ze zag dat tijdens het bellen Xavier een app had gestuurd. 'Cocktailparty Volkov in Le Plongeoir. Pik je om zes uur op.'

Een cocktailparty, ze moest er niet aan denken. Al die mensen die in een opgepoetste versie van zichzelf liepen te paraderen, waar een echt gesprek onmogelijk was en de decadente luchtigheid van het bestaan werd verheerlijkt. Hoe was het mogelijk dat Chris wel van dat soort feestjes hield? Waarschijnlijk waren hun genen vervormd, voordat ze verdeeld waren.

Maar het zou wel heerlijk zijn geweest als ze samen met haar had kunnen gaan. Chris had vrijwel zeker als een soort roddeljournaliste verslag gedaan van alle intriges, couturejurken en plastisch chirurgische ingrepen. Nu moest ze helaas alleen die extravagante arena induiken.

'We zijn er,' zei Pierre en hij draaide het ziekenhuisterrein op. 'Zal ik op u wachten?'

'Nee dank, Pierre. Ik neem even de tijd om bij mijn zus te zitten. Maar ik weet je te vinden als het nodig is,' zei ze terwijl ze uitstapte.

En voordat Pierre optrok, tikte hij tegen een denkbeeldige hoed. 'Tot uw dienst mevrouw.'

11

Het was al vier uur geweest maar de zon brandde nog zo fel dat de stenen stoep zelf ook hitte begon af te geven. Het voelde warmer dan de dertig graden die de thermometer aangaf. Jacky voelde zich doodmoe en slofte in de richting van Chris' appartementengebouw. Het ziekenhuisbezoek had haar uitgeput. Het was zo heftig om lang naast haar grote zus te zitten en geen contact te krijgen.

Nog steeds hield dokter Lambert vol dat het niet lang zou duren voordat Chris uit haar comateuze toestand zou komen. Maar ze vond het moeilijk te geloven. Chris leek nog zo ver weg en ze had nog steeds geen enkel teken van herkenning gegeven.

Stap voor stap trok ze zichzelf de trap op en bovenaan liep ze meteen naar Chris' appartement. Ze rommelde wat aan het slot, maar het leek alsof de sleutel niet meer in de deur paste. Geïrriteerd trok Jacky de sleutel eruit, veegde er denkbeeldige zandkorrels af en stak hem opnieuw in het sleutelgat. Nu draaide hij wel om en meteen zwaaide de deur open. Even twijfelde ze en bleef op de drempel staan. Dit lege huis bevestigde zo sterk haar afwezigheid, dat het akelig voelde er te zijn.

Toch moest ze naar binnen. Ze had tenslotte een cocktailjurkje nodig en een paar nette schoenen. In de slaapkamer liet ze haar vingers langzaam langs het rek glijden en pikte er uiteindelijk een zwartzijden overslagjurk en sandalen met hakken uit. Ze legde alles netjes uitgespreid op bed.

Op zoek naar een tas liep ze daarna de keuken in en stapte meteen weer de gang op. Die geur! Ook hier rook het weer zo intens naar oud leer. Precies zoals het ook op het strand en in haar studio geroken had. Zo'n doorleefde geur bestond uit meerdere lagen en was altijd heel specifiek. Drie keer kon onmogelijk toeval zijn. Iets of iemand met die geur moest op al die plekken zijn geweest.

Misschien was het een tas die iemand bij zich had of een leren jas, bedacht ze. Het kon van een schoonmaakster zijn die op al die plekken kwam of een pizzabezorger die ook in een leerfabriek werkte. Ze moest Albert vragen of hij wist van wie die geur kon zijn.

Snel viste ze een plastic tas uit een mand in de gang en stopte voorzichtig de kleren erin. Voordat ze de slaapkamerdeur dichtdeed viel haar oog weer op de fotolijstjes op het nachtkastje. En ineens herkende ze het weer. Ze pakte haar moeders foto en bestudeerde de achtergrond. Dat was het huis! Dit was het landhuis dat Lisa haar net had laten zien, met die prachtige tuin. Het was indrukwekkend groot maar het leek toch ook knus, met door wingerd overwoekerende veranda's en potten met bloemen.

Wat deed hun moeder daar? Het zag ernaar uit dat ze zich er thuis voelde, zo ontspannen als ze naast het zwembad lag. Het kon onmogelijk van de familie zijn, zo'n landgoed hadden ze nooit kunnen betalen. Haar vader woonde nu ergens in een klein appartement in de stad en had een volkomen mislukte carrière. Misschien was het een vakantiehuis van vrienden?

Jacky voelde zich duizelig worden en leunde tegen de muur. Uit haar peutertijd had ze weinig herinneringen, meer van sfeer en geuren dan van locaties en spullen. Het huis waar ze toen woonden, kon ze zich ook niet meer voor de geest halen. Waarschijnlijk lagen de beelden daarvan ver weggestopt in haar geheugen, op de plek waar ook de herinneringen aan haar moeder waren opgeslagen.

Ze pakte haar mobiel en belde Albert, maar ze kreeg zijn voicemail. 'Met Jacky. Kun je mij zo snel mogelijk terugbellen? Ik wilde je iets vragen over dat landhuis uit Chris' portefeuille.'

Ineens schoot er weer een pijnscheut achter haar ogen en ze hoorde haar adem versnellen.

'Houd toch op met die hysterische reacties,' sprak ze zichzelf hardop toe. Haar eigen stem weerklonk vreemd in de verlaten ruimte. 'Je moet je emoties beter onder controle houden.'

Het kon niet zo zijn dat ze bij elke flits uit haar jeugd fysiek zo heftig bleef reageren. Als ze dat wel toeliet stortte ze binnen de kortste keren volledig in. En daar had echt helemaal niemand wat aan.

Ze probeerde steeds dieper en steeds rustiger te ademen en langzaam voelde ze de spanning uit haar lichaam wegzakken. Xavier zou zo voor haar deur staan, dus ze moest nu echt haast maken. In een reflex haalde ze de foto uit het lijstje, deed die in haar tas en snelde daarna de deur uit. Chris had nu prioriteit en totdat haar zus hersteld was, was het beter als de doos van hun jeugd hermetisch afgesloten bleef.

12

Aan het einde van de boulevard bij de haven stopten ze en Xavier stapte uit zijn cabrio. 'We zijn er.'

'Wacht even.' Ze zag dat er nergens een parkeerplaats vrij was. 'We kunnen hem hier toch niet midden op straat laten staan?'

'Valetparking. Vanzelfsprekend.'

'Vanzelfsprekend,' herhaalde ze en ze voelde zich een burgerlijk provinciaaltje. Dat ze langs de boulevard helemaal geen restaurant zag liggen, durfde ze niet meer op te merken.

Een aantrekkelijke jongen met een perfect lichaam die ongetwijfeld ambities had model te worden of op zijn minst een rijke weduwe aan de haak te slaan, kwam op zijn gemakje aanlopen en pakte verveeld de autosleutel aan. Waarschijnlijk was hij gewend om veel duurdere modellen te parkeren.

Via een uit rotsen gehouwen trap liepen ze naar beneden en een lange houten pier verscheen in beeld. Aan het einde lag een rond gebouw dat sfeervol verlicht werd door grote windlichten met kaarsen en een lange rij lampjes. Het zwaaiende licht van de vuurtoren vergrootte het gevoel een filmset op te lopen.

'Het zou mij niets verbazen als de heli van James Bond hier zo meteen landt.'

Xavier grinnikte. 'Wacht maar tot je binnen bent. Dan zul je zien dat Daniel Craig zich hier maar een arme sloeber zou voelen.'

Zenuwachtig begon ze aan het jurkje te trekken en probeerde haar haren glad te strijken. Een verloren zaak besefte ze, de dames hier hadden natuurlijk na de schoonheidsspecialiste de hele middag bij de kapper gezeten.

'Maak je geen zorgen. Je ziet er schitterend uit,' stelde Xavier haar gerust. Hij had duidelijk haar gefrunnik opgemerkt. 'Catherine Deneuve zou trots op je zijn. Je bent exact haar jongere versie.'

Wiebelend op haar hoge hakken, voelde ze dat ze begon te blozen. Een sensatie die ze al lang niet meer had ervaren. 'Wat maakt dat jou dan? Alain Delon?'

Nu schoot Xavier hardop in de lach en sloeg op zijn buikje dat hij keurig had verstopt onder zijn beige linnen pak. 'Dacht zelf eerder aan Gerard Depardieu.'

Zoveel vrolijkheid vond de ober bij de ingang duidelijk niet gepast en hij bood ze misprijzend een cocktailglas met oranje bubbels aan.

'Wat is dit voor limonade?' vroeg ze Xavier zachtjes toen ze er een aanpakte.

'Aperol Spritz. Een Italiaanse likeur met prosecco. Bitter, zuur en zoet tegelijk. Eigenlijk niet te drinken maar inmiddels wel het levenselixer van de Côte d'Azur.'

Ze pakte er een aan en nam meteen een slok. Sinaasappels gedrenkt in alcohol was de weinig subtiele geur die in haar neus bleef hangen. 'Best lekker fris.'

Xavier nam er ook een en keek haar verbaasd aan. 'Je zei dat je als neus niet dronk.'

'Officieel niet nee, maar in noodsituaties maak ik graag een uitzondering.'

'Nou, laten we ons dan maar in de ellende storten,' zei Xavier gniffelend. Hij legde geroutineerd een hand op haar onderrug en begeleidde haar het restaurant in. 'Welkom in de surrealistische wereld van de superrijken die hun zicht op de waarde van geld definitief kwijt zijn.'

Ze kwamen in een deels overdekte ruimte met wijds uitzicht op zee, waar een dj in de hoek sensuele loungemuziek draaide en bediening rondliep in witte bermuda's en korte tennisrokjes.

De vrouwen waren verrassend jong en bloedmooi maar niet zo opgedirkt als ze had verwacht. Meer Parijse chic dan opzichtige nouveau riche. De mannen waren gemiddeld tien jaar ouder, keurig verzorgd in casual designerkleding en straalden uit dat ze het hadden gemaakt. Neus net te hoog, borst net te breed, horloges net te groot.

Toch was de stemming eerder knus en vrolijk dan luid en overdreven, waarop ze zich had ingesteld. De gasten stonden in groepjes rustig met elkaar te praten en knikten vriendelijk naar de bediening die schalen vol knap geconstrueerde hapjes ronddroegen. Ze begreep nu beter waarom Chris dit soort feestjes wel kon waarderen.

'Loop eens mee,' vroeg Xavier. Hij leidde haar naar de rand van het terras en ineens hadden ze zicht op drie duikplanken op verschillende hoogtes die via een smalle loopbrug te bereiken waren.

'Ah, vandaar Le Plongeoir,' zei ze en bedacht dat de bovenste wel tien meter hoog moest zijn. Daar zou ze zelf nooit af durven springen.

'Vroeger was dit een openbare duikplank. Nu het bij het restaurant hoort, mag officieel niemand er meer op. Niet dat iemand van deze crowd zich eraan houdt. Aan het eind van een avond duikt iedereen er natuurlijk vanaf.'

'Natuurlijk,' herhaalde ze, terwijl het haar onwaarschijnlijk leek. Ze deed een stap dichter naar de rand en plotseling brak het zweet haar uit. Alles begon te draaien en ze moest het hek vastpakken om niet voorover te vallen.

'Gaat het?' vroeg Xavier, die haar arm greep en haar iets naar achter trok.

Ze knikte en nam snel een slok van haar aperol. De alcohol bracht meteen wat rust. 'Sorry, maar sinds

Chris' val reageert mijn lichaam raar op hoogtes.'

'Logisch lijkt me, het is allemaal nogal heftig,' zei Xavier en een diepe rimpel vormde zich tussen zijn zware wenkbrauwen. 'Maar weet je wat ik niet begrijp?'

Ze schudde haar hoofd, dronk haar glas leeg en pakte meteen een nieuwe van een voorbijkomend dienblad. 'Nee, vertel.'

'Waarom je nu zo graag wilt uitzoeken wat er is gebeurd, terwijl we het haar morgen waarschijnlijk zelf kunnen vragen.'

Ze keek weg over zee waar aan de horizon de ondergaande zon een roze gloed verspreidde. Eigenlijk had ze geen antwoord op die vraag. 'Misschien om toch iets te kunnen doen?'

'Ja, je zult je wel machteloos voelen,' zei hij en pakte een miniquiche van een schaal. 'Dat lijkt me lastig.'

Ze roerde de ijsblokjes in haar glas rond. 'Heb jij dat dan niet?'

Hij wreef over zijn stoppelbaardje en wilde net iets gaan zeggen toen een oudere man hem begroette. 'Xavier, goed je hier te zien. Ik vroeg me af of je alweer aan wat flessen van Château de Beaucastel kon komen?'

De mannen raakten verwikkeld in een zakelijk gesprek over de levering van wijnen en het viel Jacky nu pas echt op hoe typisch Frans Xavier eigenlijk was. Klein van stuk, charmant voor vrouwen, druk met zijn handen pratend, liefhebber van lekker eten en wijn.

Zelfs zo gepassioneerd dat hij van zijn hobby zijn werk had gemaakt en een groothandel in exclusieve wijnen was begonnen. Op papier paste hij dus uitstekend bij Chris, die veel Franser was gebleven dan zijzelf. Ineens liep de oudere man weg en liet Xavier wat beteuterd achter.

'Scheepsmagnaat. Nogal gewend te krijgen wat hij wil,' verklaarde hij het botte gedrag van zijn klant.

'Gewoon ontzettend verwend, bedoel je.'

Xavier schoot in de lach en zijn ogen lichtten op. 'Dat is een rakere observatie.'

Een gezette, kalende man gekleed in een smoking kwam het restaurant binnen en meteen veranderde de dynamiek. Vrouwen probeerden zijn blik te vangen en mannen stapten op hem af om hem te begroeten. Twee obers stonden vlakbij om zijn bestellingen op te nemen.

'Dat is Volkov,' fluisterde Xavier in haar oor.

'Hij is kleiner dan ik mij had voorgesteld.'

'Zijn de machtigen dat niet altijd?' vroeg Xavier en hij roerde in zijn aperol. 'De zucht naar macht ontstaat toch uit frustratie? In dit geval duidelijk uit een napoleoncomplex. Kom, ik stel je voor.'

Eigenlijk waren ze niet aan de beurt, maar Xavier liep de rij gasten voorbij en ging pal voor Volkov staan.

'Alexis, goed je te zien, hoe is het?' vroeg hij en hij stak zijn hand uit.

Zonder hem een blik waardig te gunnen, negeerde

Volkov de uitgestoken hand en praatte met een norse blik verder met de vent naast hem.

Xavier liet zich niet uit het veld slaan en deed nog een stap dichterbij. 'Alexis, mag ik je even voorstellen aan Jacqueline Duran? De zus van Christine.'

Als door een wesp gestoken draaide Volkov zich om en staarde haar even aan. Toen klaarde zijn gezicht ineens op en verscheen er een brede lach die zijn wangen nog boller maakte.

'*Ma chérie*. Ik zie het. Twee druppels water,' zei de Rus met een zwaar accent. Hij pakte haar handen in de zijne. Ruw, stevig en warm waren ze. 'Hoe is het met je zus? Ik was zo geschrokken. Zo'n mooie, charmante vrouw.'

Verrast door het warme medeleven stamelde ze wat over een positief herstel.

'Ja, ik hoorde gelukkig al zoiets van dokter Lambert. Ik heb hem geïnstrueerd goed voor haar te zorgen. Doet hij een beetje zijn best?'

Ze had waarschijnlijk nogal beduusd gekeken want hij voegde eraan toe dat hij had geregeld dat Chris meteen een plek in het beste ziekenhuis had kregen. En direct de beste specialisten om haar bed had staan.

'Heeft hij je dat niet verteld?' vroeg Volkov en hij wees naar Xavier.

'Waarschijnlijk wel maar het is zo hectisch geweest,' verzon ze snel om Xavier niet voor schut te zetten. Want ze wist zeker dat hij het vergeten was te zeggen.

‘Dat zal wel ja,’ zei Volkov en hij liet haar handen los. ‘Kan ik nog iets voor je betekenen?’

‘Misschien. Ze had namelijk nog een vraag over het feest,’ begon Xavier uit te leggen.

‘Ik denk dat ze die prima zelf kan stellen,’ onderbrak Volkov Xavier zonder hem aan te kijken en hij glimlachte haar toe. ‘Vertel.’

Ze uitte haar twijfels over de toedracht van de val en hoe het toch kon dat Chris spontaan over zo’n hoge rand was gevallen.

Nu keek Volkov weer serieus en hij haalde zijn schouders op. ‘Geen idee. Dat houdt mij ook bezig. Ik stond op dat moment binnen aan de bar, maar op het balkon werd gedanst. Misschien struikelde ze over een verhoginkje?’

Ze knikte. ‘Misschien ja. Was ze dronken?’

‘Dronken? Je zus? Absoluut niet. Daar is ze veel te professioneel voor,’ zei hij en keek Xavier ineens recht aan. ‘Ik herken onmiddellijk een *echt* zakelijk talent.’

‘Dat dacht ik al,’ zei ze en zette haar lege glas weg. ‘Maar het is goed dat nog eens van een ander te horen. Was je verder nog iets opgevallen aan haar die avond?’

‘Nee, ik geloof het niet.’

Ze wilde hem al bedanken toen hij zich ineens nog iets leek te herinneren en hij pakte haar arm. ‘Ze was ergens heel blij over, ze vertelde dat ze iets bijzonders uit haar jeugd had ontdekt.’

Zijn opmerking kwam totaal onverwacht, ze moest

even slikken en kon niet vermijden dat ze hem verbaasd aankeek. 'Zei ze je ook wat dat was?'

Volkov schudde zijn hoofd en ze zag dat zijn aandacht begon te verdwijnen. Scannend ging zijn blik door de ruimte en hij knikte minzaam naar een bekende in de rij.

'Dank je voor je tijd,' zei ze snel.

'Laat je weten als ik nog iets voor jullie kan doen?' Volkov keek haar even kort in de ogen. 'Christine wordt echt beter, dus geniet nu maar lekker van het feestje. Dat zou zij ook hebben gedaan.'

Jacky knikte maar voordat ze Volkov een hand kon geven, begroette hij alweer de man achter haar in de rij en leek hij haar zorgen te zijn vergeten.

'Zullen we gaan?' fluisterde Xavier naast haar.

'Graag,' antwoordde ze onmiddellijk en zo onopvallend mogelijk liepen ze het restaurant uit. Om haar heen hoorde ze dat de roddels over corrupte ambtenaren en failliete zakenlui inmiddels in hetzelfde hoge tempo werden uitgewisseld als de cocktails van de dienbladen verdwenen. En toen ze buiten stonden, voelde ze zich opgelucht dat dit niet haar wereld was. Want ook al was het niet zo erg als ze had gevreesd, ze was er toch ongelukkig geworden. Vooral omdat iedereen elkaar de hele tijd in de gaten leek te houden.

'Ondanks zijn vriendelijkheid lijkt die Volkov toch niet zo betrouwbaar,' zei ze nadat Xavier de jongen had gevraagd de auto te halen. 'Zijn aandacht duurt niet langer dan tien seconden. Dat voelt onecht.'

'Klopt. Hij is niets voor niets de belangrijkste Rus in Nice,' zei Xavier en even leek hij nog iets te willen zeggen, maar toen de auto voorreed veranderde hij van onderwerp. 'Je zult nu wel doodmoe zijn. Kom, dan breng ik je snel thuis. We hebben het er nog wel eens over.'

13

Eenmaal thuis kroop ze meteen in bed en nestelde zich in een stapel kussens. Ze was de alcohol niet gewend en de twee glazen hadden haar slaperig gemaakt. Ze checkte haar mobiel en zag dat Albert haar bericht over het landhuis nog niet had gelezen. Daarna facetimede ze Aimee en kreeg ze als eerste Cornelie in beeld.

'Mama kijk.' Ze hield een tekening in de lucht van felgekleurde herfstbladeren.

'Jeetje, echt heel mooi schat.'

Cornelie knikte driftig. 'Vind ik ook mam. Samen met oom Jacob gemaakt. We zijn in het bos bladeren gaan zoeken en toen wilde Duuc de hele tijd kastanjes zoeken. Wat oom Jacob ook goed vond. En toen zijn we pannenkoeken gaan eten. Ik had kaas. En toen gingen we...'

'En toen, en toen,' onderbrak ze lachend de waterval van haar dochter. 'Dat klinkt als een heerlijke middag.'

'Ja, oom Jacob was heel lief,' zei Cornelie en haar grote blauwe ogen bestudeerden haar gezicht. 'Gaat het wel? Ik vind jou ook heel lief hoor.'

Waarschijnlijk had haar dochter enige aarzeling bij haar gezien. Als het over Jacob ging, kon ze duidelijk toch niet helemaal neutraal reageren. Haar kinderen kenden elke spier in haar gezicht en konden haar stemming feilloos doorgronden. De dood van Tomas had hen daarop nog alerter gemaakt.

'Ik jou ook schat.' Ze glimlachte om haar gerust te stellen. 'Ik ben alleen een beetje moe. En ik maak me natuurlijk zorgen over tante Chris.'

Cornelie knikte bedachtzaam en wilde net iets gaan zeggen toen haar broertje ineens zijn hoofd in beeld stak. 'Hi mama.'

'Hé jij daar, hoe was je pannenkoek?'

Met gevoel voor detail deed Duco enthousiast verslag van zijn spekpannenkoek met stroop. Zijn krullen dansten door het beeld en ze dacht aan Tomas. Haar man kon met net zoveel passie over eten praten als zijn zoon nu. Zelfs nog voordat Tom 's ochtends zijn huisartsenpraktijk binnenstapte, had hij al een podcast van een beroemde masterchef beluisterd. Voor het eerst voelde ze geen verdriet bij een herinnering aan hem. Zijn genen waren duidelijk in vruchtbare aarde geland.

'Ik ga nu nog voetballen,' besloot Duco net zo abrupt zijn verhaal als hij het was begonnen. 'Doei.'

'Dag lieverd,' zei ze en ze zwaaide hem een handkus toe.

Ze hoorde dat Aimee hem nariep dat het niet langer mocht duren dan vijftien minuten en daarna kwam haar tante zelf voor het scherm. 'Verdorie wat zie je er moe uit, pas je goed op jezelf? Wel een mooi jurkje.'

Ze praatten wat bij over haar bezoek aan Volkov. Zoals ze kon verwachten was Aimee kritisch over de Russen in Nice. Ze zouden de sfeer hebben verpest met hun geld, proleterige feestjes, gebrek aan respect voor eten en onbeleefde omgangsvormen. Inmiddels zag ze het zelf niet meer zo zwart-wit. Nice was een smeltkroes waarbij iedere immigrant iets toevoegde, net als in elke grote stad.

'Het was eigenlijk best gezellig,' zei Jacky en het voelde als een bekentenis. 'Maar hij wist ook niet zoveel meer over die avond. Wat eigenlijk ook wel een beetje gek was.'

Aimee schudde haar hoofd. 'Ze zijn niet te vertrouwen, ik zou maar oppassen.'

Ze wilde net vertellen dat ze dat zelf ook al had besloten toen een klop op de deur klonk. Nog voordat ze 'entree' had kunnen zeggen, stond Rosalie in de kamer met een ovenschotel in haar handen.

'Aimee, ik moet ophangen,' zei ze en hoewel ze in het Nederlands sprak, leek Rosalie door te hebben wat ze zei en ze gebaarde dat ze het alleen even op tafel zou zetten.

'Geen probleem, de kids moeten zo meteen toch

naar bed. Ik spreek je morgen en ga nu alsjeblieft snel slapen,' zei Aimee en ze klikte het beeld weg.

'Excuus, ik wilde je niet storen,' zei Rosalie en ze stond wat verloren in het midden van de studio. 'Maar ik dacht: ze is vast moe en heeft geen zin meer om te koken.'

Jacky sprong van haar bed en nam de schotel over. 'Wat lief van je. En zo is het precies. Ik ben kapot.'

Rosalies gezicht klaarde op. 'Het is een tonijnschotel à la provençale, met veel groenten. Die maakte ik altijd voor mijn vier zonen, als ze ziek waren.'

'Hij ruikt heerlijk. Met rozemarijn toch?' zei Jacky en ze zette de schotel op het aanrecht. Ze moest glimlachen bij de gedachte dat deze kleine vrouw zoveel zonen had grootgebracht. Ongetwijfeld was ze er kordaat genoeg voor geweest.

'Kwartiertje in de oven, op 200 graden. Net totdat er een korstje op komt,' legde Rosalie met veel handgebaren uit.

'Ontzettend bedankt,' zei ze en ze gaf haar een knuffel. Aan haar aangespannen spieren merkte ze dat Rosalie zo'n intieme aanraking niet gewend was en liet haar los. 'Trouwens, je had gelijk. Die balkonrand van het Negresco is nogal hoog.'

'Ik zei het je. Het is een rare zaak,' zei ze terwijl ze naar de deur keek en op haar voeten wipte. Het was duidelijk dat ze haast had.

'Ik zie dat je door moet,' zei Jacky snel. 'Maar ik heb

nog een vraagje. Ken je iemand met een oude leren jas, of grote oude leren tas. Of heb je er misschien zelf een?'

Rosalie keek haar beduusd aan, haar wenkbrauwen in een kleine v gebogen. Jacky kon niet beoordelen of dat kwam door de onverwachte intimiteit of door haar onverwachte vraag.

Ze haalde haar schouders op. 'Leer? Nee, daar heb ik niets mee.'

'Misschien een huishoudelijke hulp?' vroeg Jacky door.

'Niet dat ik weet,' zei Rosalie en ze liep naar de deur. 'Zeg, ik moet inderdaad gaan.'

'Oké, nog veel dank hè.'

Ze liet Rosalie uit en draaide de deur op slot. Meteen zette ze de schotel in de ijskast, aan eten moest ze nu echt niet denken. Slapen was nog het enige waartoe ze in staat was.

Snel deed ze de lichten uit en schoof de gordijnen dicht. Vlak voordat ze het laatste dichttrok, leek op de hoek opnieuw een schim weg te schieten. Ze drukte haar neus op het raam, maar de straat was leeg op een zoenend stel leunend tegen een scooter na. De geelkleurige straatlantaarns maakten cirkels van licht in de vochtige avondlucht. Al waren septemberdagen overdag nog heel warm, 's avonds kon er af en toe mist ontstaan.

Ze moest zich niet gek laten maken door al die geheimzinnigheid. Ze werd niet gevolgd, sprak ze zichzelf toe en hier was ze veilig. Ook andere, rare gedachten moest ze wegdrukken, dat leidde tot niets. Overmaat van emoties verstoort je geestelijke balans, had ze zo vaak ervaren. Ze kroop weer in bed en dacht aan de foto van de mooie tuin. Zo'n bloemenzee miste ze in Delft. Misschien moest ze straks, als Chris weer hersteld was, toch vaker deze kant op komen.

14

Een snerpend alarm ging af. Even dacht ze weer aan de brandweer en schoot omhoog. Toen besefte ze dat haar mobiel ging en zocht op de tast tussen de lakens.

'Hallo?'

'Madame Duran,' hoorde ze dokter Lambert zeggen. 'Sorry, dat ik u zo vroeg stoor.'

'Hoe laat is het?'

'Bijna halfzeven in de ochtend, maar ik bel...'

'Is er iets met Christine?' onderbrak ze hem.

Ze hoorde een diepe zucht. 'Mevrouw, alstublieft, laat mij even uitpraten.'

'Natuurlijk, sorry!'

In rustige en duidelijke bewoordingen legde hij uit dat Chris vanochtend vroeg wakker was geworden. Dat het allemaal nog fragiel was en dat ze nog niet alle testen hadden kunnen doen, maar dat het er vooralsnog inderdaad op leek dat de val geen blijvende schade had aangericht.

'O wat fijn!' Ze hoorde dat haar stem brak en moest

slikken voordat ze verder kon praten. 'Mag ik nu meteen naar haar toe?'

'Dat lijkt mij geen probleem. Ze vroeg ook al direct naar u,' zei Lambert die door de telefoon verrassend geruststellend klonk. 'Maar bedenk wel, haar kortetermijngeheugen vertoont grote gaten. Dat is normaal na zo'n trauma en herstelt meestal vrij vlug. Maar overprikkeling is nu absoluut niet wenselijk. Dus houdt het bezoek alstublieft kort.'

Ze beloofde het rustig aan te doen en sloot het gesprek af. Misschien kon Albert haar naar het ziekenhuis brengen, bedacht ze en snel zocht ze zijn nummer op. Ze kreeg direct weer zijn voicemail.

Dan maar ergens een taxi vandaan plukken. Nadat ze zich snel had aangekleed, stormde ze naar beneden. Voordat ze de trap af was, ging Rosalies deur al open. Een slaperig hoofd in een witte zijden nachtjapon verscheen in beeld.

'Is er weer brand?' vroeg haar gastvrouw en ze kneep met haar ogen. Ze miste duidelijk haar bril.

'Nee, het is Christine. Ze is uit haar coma. Ik ga erheen.'

Rosalie ging rechterop staan en leek nu pas echt wakker te worden. 'Hoe dan?'

'Taxi?'

'Chérie, die zijn nu niet te vinden. Ik breng je.'

Ze schudde haar hoofd. 'Nee, dat hoeft echt niet, ik...'

'Geef me een minuut,' zei ze en sloot de deur.

En inderdaad stond Rosalie binnen vijftig seconden aangekleed en met haar autosleutel in de hand weer buiten.

'Hij staat voor de deur,' zei ze en samen liepen ze snel de straat op. De zon was nog niet op, maar de ochtendschemer was begonnen en de temperatuur begon al op te lopen. Het beloofde een heel warme dag te worden. De straten waren nog verlaten en binnen tien minuten waren ze bij het ziekenhuis.

'Heel erg bedankt,' zei Jacky toen ze voor de deur stopten. 'Superlief van je.'

Rosalie keek weg en zwaaide met haar armen. 'Hup, ga naar binnen. Ik hoor later wel hoe het met haar is.'

Jacky stapte vlug uit en glimlachte om het ongemak van Rosalie. Snel rende ze het gebouw in en nam de trap met twee treden tegelijk. Het gebouw was nog helemaal verlaten, alsof alle patiënten afgelopen nacht met spoed waren geëvacueerd. Normaal had ze die leegte misschien beangstigend gevonden, nu dacht ze er niet lang bij na en liep de gang in. Ze knikte naar het Mariabeeldje als bedankje voor haar goede zorgen en snelde naar de kamer aan het einde van de gang.

De aanstekelijke lach van Chris kwam haar tegemoet en tranen sprongen in haar ogen. Wat heerlijk dat ze weer wakker was.

Vlak voordat ze de kamer in liep vertraagde ze even om haar emoties onder controle te krijgen. Niemand zat nu op een huilerig zusje te wachten. Ze slikte twee keer, haalde diep adem en stapte naar binnen.

'Zo, jij hebt lekker de tijd genomen wakker te worden,' probeerde ze Chris met een luchtige toon te begroeten.

Maar toen ze haar zus stralend rechtop in bed zag zitten, moest ze alsnog huilen. Ze knikte afwezig naar de verpleegster en kroop bij haar op bed.

'Ach meisje toch,' zei Chris en ze streelde haar haren. 'Wat moet jij in spanning hebben gezeten.'

Jacky wist meteen weer waarom ze haar zus zo had gemist. Haar relaxte uitstraling was zo geruststellend en voelde zo veilig.

'Schrikken was het ja,' zei Jacky door haar tranen heen.

Chris grinnikte. 'Die val was inderdaad niet zo'n goed idee.'

Even bleven ze zo gearmd liggen, genietend van elkaars warmte. Ze rook dat Chris *Deep Blue* had opgespoten maar haar haren stonken nog naar de ontsmettingsgeuren van het ziekenhuis. Ze moest dokter Lambert vragen of ze vandaag al Chris haren mocht wassen.

'Dames, ik laat jullie even alleen,' zei de oudere verpleegster met gitzwart geverfde haren, die zwijgend aan het voeteneinde was blijven wachten. 'Maar houd het kort.'

Snel liet Jacky haar zus los en veegde haar wangen

droog. Ze voelde naast bevrijdende opluchting ook schaamte. Vooral voor haar gebrek aan controle over haar emoties. 'Daar let ik op. Beloofd.'

Zonder de deur achter zich te sluiten verliet de verpleegster de kamer en Jacky keek Chris lang aan. 'Je ziet er verrassend goed uit. Hoe voel je je?'

'Verrassend goed ook. Zal de morfine wel zijn.'

'Geen hoofdpijn?'

Chris veegde een pluk haar weg en nu pas zag Jacky een rij hechtingen achter haar oor.

'Dit prikt nogal, maar dat schijnt een goed teken te zijn.'

'En je ribben?'

'Als ik zo beweeg...' deed Chris voor en ze probeerde op haar rechterzij te draaien. Haar gezicht trok van de pijn. '... steekt dat ja.'

'Gekkie, doe dat dan niet,' zei ze en hielp Chris verliggen. 'Relax maar even, dan ga ik je handen lekker verwennen.'

Ze stapte uit bed, viste een tubetje uit haar tas, verwarmde de crème in haar handen en begon Chris lange vingers te masseren. Precies zoals ze vaak bij elkaar hadden gedaan. Ze vertelde ondertussen over Albert, die haar zo lief had opgevangen en dat Xavier haar al meteen mee uit eten had genomen.

'Hij heeft vast vissoep voor je besteld,' reageerde Chris met zachte stem en haar ogen zakten bijna dicht.

Jacky knikte. 'Ik heb ook met Albert het Negresco bezocht. Weet je nog iets van de val?'

Chris had inmiddels haar ogen volledig gesloten en schudde traag met haar hoofd. 'Niets.'

'Ook niet toevallig iets van het feest?' probeerde Jacky voorzichtig door te vragen. Ze wilde Chris niet opjagen. 'Had je te veel gedronken?'

'Nee, dat weet ik zeker. Ik herinner me alleen dat ik ineens zo moe werd. En duizelig. O, dit is lekker zeg, wat kun je dat toch goed.'

Jacky liet haar vingers nog eens over Chris handpalm rollen. 'Dit doe ik altijd bij Cornelie. Ze vindt het ontspannend. Maar hoezo was je dan ineens moe?'

'Geen idee. Misschien was het heel warm?'

'Weet je dat niet meer?' vroeg Jacky door. 'Had je ergens pillen voor gebruikt?'

Chris schudde haar hoofd. 'Nee volgens mij niet. Maar ik zal het Xavier vragen. Hoe is het eigenlijk met je kids?'

Hoewel Jacky baalde dat Chris van onderwerp veranderde, begon ze te vertellen over Aimee die zo meeleefde en trouw op de kinderen paste. Dat ze bezorgd over haar waren, maar dat de kinderen ook gewoon bezig waren met de herfst, pannenkoeken en school. 'En Jacob heeft zich ineens gemeld. Hij helpt Aimee een beetje.'

Chris opende een oog. 'Dat is echt een goede vent. Geef hem wat credits.'

'Ik weet het niet,' zei Jacky en ze hoorde hoe achterdochtig ze klonk. 'Hij is altijd wat afstandelijk.'

'*Hello sis*, jij bent ook niet bepaald vriendelijk tegen hem.'

Jacky schoot in de lach. 'Helemaal waar.'

Ze pakte nu haar linkerhand en zag dat de diamanten ring van hun moeder ontbrak. 'Hé, waar is die ring van mama gebleven?'

'Geen idee.' Chris keek met dezelfde verbazing naar haar eigen lege ringvinger. 'Misschien had ik hem niet om? Ik weet het echt niet meer. Shit, echt niet.'

Jacky wilde zeggen dat ze zeker wist dat ze hem gistermiddag nog droeg, toen ze opmerkte hoe kwetsbaar Chris er ineens uitzag. Duidelijk verloren in haar geheugen, haar ogen zoekend naar houvast.

'Misschien moest ie af voor een scan of zo,' stelde ze haar zus snel gerust. 'Die vinden we straks wel. Ga eerst nog maar lekker wat slapen.'

Chris sloot haar ogen weer. 'Oké, eventjes dan.'

Haar ademhaling vertraagde en binnen een minuut leek ze al in slaap. Jacky trok het laken over haar heen en gaf een kus op haar wang. 'Tot zo lieverd.'

Ze wilde de kamer al uit lopen, toen ze zacht haar naam hoorde. Ze draaide zich om en zag dat Chris haar wenkte maar haar ogen maar met moeite open kon houden. Snel liep ze weer naar haar toe.

'Ik wilde je nog iets vragen,' zei Chris bijna fluisterend. 'Heb je Gilles ook verteld over mij?'

Jacky deinsde naar achter. 'Gilles? Ben je gek geworden?'

'Nou, waarom niet?'

'Daarom niet! Die spreek ik nooit.'

'Ik wel,' zei Chris en haar gezicht vertrok weer van de pijn. 'Hij is echt lief.'

'Lief? Die klootzak?' riep Jacky nu. 'Sinds wanneer spreek je hem weer?'

'Een jaar denk ik.'

'Al een jaar? En je hebt mij niets verteld?'

'Madame,' zei de oude verpleegster die plotseling in de kamer stond met een corrigerende ondertoon. 'Wilt u niet zo schreeuwen. Uw zus verdient rust.'

Zich ineens bewust van haar belachelijke vertoning, deed Jacky een stap naar achter en maakte verontschuldigende armbewegingen. 'Sorry, sorry, ik liet me helemaal gaan. Sorry.'

Chris had haar ogen alweer dicht en leek zelfs in slaap, maar mompelde nog zacht. 'Is goed. Nu even slapen.'

'Ja natuurlijk,' zei ze snel en wilde haar nog een knuffel geven maar de verpleegster keek haar zo streng aan dat ze alleen maar even haar hand durfde te aaien en daarna direct de kamer uit liep.

Op de gang benoemde de verpleegster opnieuw dat te veel prikkels slecht waren voor Chris en dat ze zich de volgende keer beter moest beheersen. Jacky mompelde dat ze zich schaamde en dat ze anders nooit zo ongecontroleerd was maar dat ze nu waarschijnlijk te moe was. 'Ik weet niet wat me bezielde.'

Ineens verzachte de strenge blik in de ogen van de vrouw. 'Dat begrijp ik ook. Het is een spannende tijd. Gaat u maar wat wandelen of ergens stevig ontbijten. Dan kunt u in de loop van de middag weer even terugkomen.'

Ze knikte en haar keel prikte. 'Tot vanmiddag dan.'

'Tot straks,' zei de vrouw en ze liep naar de kamer aan de overkant.

Jacky slofte door de gang naar de trap en kon zichzelf wel slaan. Ze voelde zich zo ongelofelijk stom. Wie gaat er nou zo tekeer naast het bed van haar doodzieke zus? Plotseling zag ze het Mariabeeldje weer en zonder zich echt bewust te zijn van haar handeling, pakte ze een waxinelichtje uit het bakje eronder, gooide een euro door de sleuf en stak het kaarsje aan. Precies zoals ze veertig jaar geleden ook had gedaan.

15

Net toen ze buiten stond ging haar mobiel al af. Eindelijk Albert.

'Hé lieverd, ik zag dat je een paar keer had gebeld. Richard had per ongeluk mijn mobiel mee gewassen. Heel gedoe. Ding natuurlijk onbruikbaar. Simkaart gelukkig gered en ik heb nu een oud modelletje dat we nog hadden liggen. Sorry, ik ratel door, hoe is het met je? En met Chris?'

Ze zuchtte diep. 'Ze is wakker!'

Er klonk een kreet alsof Frankrijk het WK had gewonnen. Ze moest haar mobiel op afstand houden en mensen die voorbijliepen keken verstoord op.

'Dit is geweldig,' riep Albert. 'Is ze goed bij? Heeft ze pijn? Kan ik nu naar haar toe?'

'Alles is goed,' zei ze en ze nestelde zich op een bankje in de zon. Vervolgens legde ze uit hoe helder maar kwetsbaar Chris was, dat ze zich weinig van het feest kon herinneren en dat ze vanmiddag wel even samen naar het ziekenhuis zouden kunnen gaan.

'Dat klinkt top. Zal ik je ophalen? Ik ben op kantoor. Kunnen we hier wat brunchen.'

'Ik kom graag naar je toe,' zei ze en ze volgde een familie die een pasgeboren baby het ziekenhuis uit droeg. 'Maar ik loop liever. Even alles laten bezinken, er is de laatste twee dagen zoveel gebeurd.'

'Prima. Ik denk dat het een klein uurtje lopen is.'

De familie was in de weer met een parasolletje zodat de baby niet in de zon lag en de kleine werd voorzichtig in een doek gewikkeld. Onverwacht ontroerde het beeld haar. Zo'n nieuw leven, gedragen door een warm gezin. Over haar eigen begin had ze nooit verhalen gehoord en ze besefte dat ze niet eens wist in welk ziekenhuis in Nice ze geboren was.

'Jacky? Ben je er nog?'

'Ja, ik dacht ook zelf aan een uur wandelen, via de avenue Cap-de-Croix. Ik zie je zo.'

Ze namen afscheid en Jacky bleef het gezin volgen, dat nu iets verderop bij de tramhalte stond te wachten. Opa en oma stonden er stralend bij, terwijl de kersverse vader en moeder vooral heel bezorgd keken. De hele tijd plukkend aan de kleertjes van de slapende baby.

En ineens zag ze een bekend silhouet bij dezelfde halte staan. De oudere man, licht voorovergebogen in een wat lange jas, met een naar voren geschoven pet. Zodra hij merkte dat ze hem had gezien, draaide hij zijn rug naar haar toe. En zonder er echt bij na te denken, stond ze op en liep rustig naar de tramhalte. Ze wilde nu wel eens weten wie hij was en ze pakte haar mobiel om een foto te maken.

De man keek over zijn schouder, zag haar dichterbij komen en keek onrustig om zich heen. Ze was nu op honderd meter afstand en hoefde alleen nog de straat over te steken om hem beter te kunnen bekijken. Heel opzichtig hield ze haar telefoon in de lucht zodat duidelijk was dat ze hem op beeld wilde zetten.

De man dook verder in zijn schouders en wilde weglopen, toen een tram de hoek omkwam en tussen haar en de halte doorreed. Precies in haar blikveld bleef de tram stilstaan. Hij mocht nu niet weer ontkomen en ze versnelde haar pas. Ze liep achter de tram langs en zag nog net het jonge gezin instappen, verder was de halte helemaal leeg.

Was die vent nu weggerend of toch ook in de tram gestapt? Ze sprintte naar de deur en sprong op de treeplank. De trambestuurder keek haar geërgerd aan en vroeg om een kaartje. Ze negeerde hem, ging op haar tenen staan en probeerde de pet van de man te spotten. Maar in de overvolle tram was het onmogelijk de verschillende passagiers te onderscheiden en vlak voordat de deuren sloten, sprong ze toch weer op de stoep. De tram reed weg en ze filmde de voorbijschietende ramen, pas bij de laatste zag ze het voorovergebogen silhouet weer.

'Verdorie,' riep ze hardop en zakte op het bankje bij de halte. Nu pas voelde ze haar bloed door haar lichaam racen. Wie was dit? Wat wilde hij? Een paar keer achter elkaar bestudeerde ze het filmpje, maar ze zag alleen een schim die onherkenbaar was. Gek genoeg voelde ze niet eens echte angst, eerder een groeiende woede. Hij moest haar met rust laten of haar aanspreken. Dit wegduiken was laf.

Al doordenkend maakte ze een circkel met haar gympen in het stof op de stenen. Misschien wist hij meer over de val van Chris maar durfde hij het niet te vertellen. Of wellicht was hij de reden dat Chris pepperspray bij zich droeg? Dan was het misschien wel verstandig om het te melden bij de politie. Maar wat moest ze zeggen? 'Ik denk dat een oude man mij stalkt', dat was vast niet direct een reden voor grote paniek bij de agenten. Ze besloot dat het het beste was om hem bij een volgende keer op de foto te zetten, dan kon ze hem misschien samen met de politie identificeren.

Rustig wandelde ze daarna de avenue met de oude platanen op en kocht op de hoek een koffie met een croissant. Het grote voordeel van Nice was de Italiaanse invloed; in tegenstelling tot de rest van Frankrijk was de cappuccino hier écht lekker.

Het door de bomen gefilterde ochtendlicht gaf de straat een zachte gloed. Logisch dat veel schilders zich hier hadden gevestigd, de dagelijkse realiteit was al een kunstwerk op zich.

Bij een krantenkiosk kocht ze de ELLE *Decor* voor Chris, dan kon ze zonder veel inspanning mooie huizen bekijken. Voor zichzelf kocht ze een *Nice-Matin*. Vanmiddag moest ze maar voorzichtig, en nu zonder boos te worden, over Gilles beginnen. Ze wilde weleens weten waarom Chris hem nu zo regelmatig sprak. Ze kon toch niet vergeten zijn wat hij hen had aangedaan?

Haar mobiel trilde en ze zag dat Xavier belde. Al lopend nam ze het gesprek aan en vertelde uitgebreid over de heldere, maar nog precaire toestand van Chris. Hij reageerde enthousiast en wilde meteen naar haar toe.

'Volgens dokter Lambert is bezoek nog niet verstandig. Vanavond mag ik alleen kort komen,' verzon ze ter plekke. Ze had geen zin uit te leggen dat het geen doktersadvies was, maar dat zij het zelf zo had besloten. Ze ging liever eerst met Albert, die voelde dichterbij. 'Misschien kan het morgen wel.'

Xavier was allang opgelucht dat het goed ging met zijn vriendin en gaf aan dat hij nog wel een dag extra kon wachten. Ze beloofde later vandaag een korte update te geven en na zijn dwingende advies om vooral door de rijke wijk Cimiez naar het centrum te wandelen, hing ze op.

Ondertussen was ze de wijk allang ingelopen en genoot van de statige appartementengebouwen, de slingerende straten met rijen palmen en het roodgepleisterde gebouw van het Musée Matisse.

Na vijf minuten draaide ze een scherpe hoek om en

plotseling stond ze voor de Romeinse opgravingen. Haar hart sloeg een keer over. Ze wist het zeker, hier had hun vader hen vaak mee naar toe genomen. Hij vertelde dan spannende verhalen over het amfitheater waarin vierduizend Romeinen konden zitten en over machtige keizers die met hun karren over de keien raceten.

Ze liep langs het ijzeren hek en kon zich ineens herinneren dat ze hier samen met Chris tussen de ruïnes verstoppertje had gespeeld. Nu leek het verboden terrein maar toen was alles open en konden ze overal rondrennen. Chris was altijd de snelste geweest en rende al tijdens het tellen tot ver in de thermische baden. Zelf haalde ze vaak maar net het muurtje in het midden van de opgravingen en het was haar vader geweest die aftelde bij het spel. Ze herkende de boom waar hij diep voorovergebogen tegenaan had gestaan en expres voor haar, heel langzaam telde.

Een onverwacht gevoel van veiligheid overviel haar. Er was dus wel degelijk een periode geweest waarin alles goed was en ze onbevangen gelukkig had kunnen zijn. Ineens verlangde ze sterk naar haar eigen kinderen en belde Aimee. Haar tante stond naast het voetbalveld bij de wedstrijd van Duco en was door de wind moeilijk te verstaan. Natuurlijk was ze opgelucht over Chris maar het gesprek verliep moeizaam en Cornelie was op een partijtje, dus ze spraken af later vandaag nog een keer te bellen. Met een licht gevoel van eenzaamheid hing ze op.

Een groep Chinese toeristen onder paraplu's tegen de zon liep het terrein van de opgravingen op en de gids, met een vlaggetje in de lucht, sprak de groep luid toe. De magie van het verleden werd onmiddellijk verdrongen door dit indringende heden en ze besloot verder naar het centrum lopen.

De cadans van haar stappen werkte meditatief en hoe dichter ze bij de zee kwam, hoe rustiger ze werd. En langzaam kreeg Nice voor het eerst een wat vriendelijker gezicht. Ze genoot van de warmte van de zon, het leven op de straat, de geur van net gevangen vis, bloemen en versgebakken stokbrood. Als Chris de komende dagen goed zou herstellen, kon het verblijf in haar geboortestad misschien toch nog helend zijn. Niet dat de slechte herinneringen zouden verdwijnen, maar wellicht konden ze gezelschap krijgen van betere.

Langs de Promenade du Paillon speelden kinderen tussen de fonteinen door. Het leek wel een hele klas die vanwege het warme weer werd uitgelaten in het park. Twee jonge leraressen rookten verveeld een sigaret en keken op hun telefoon. Een laksheid die eigenlijk niet kon, maar ze toch grappig vond. Kinderen waren hier belangrijk maar stonden niet boven aan de hiërarchie zoals in Nederland en dat maakte de opvoeding toch wat relaxter. In Nice had ze een vrijere jeugd gehad dan haar kinderen nu in Delft kregen.

Ze kruiste het place Masséna, ontweek net op tijd een voorbijschietende scooter en liep door naar het kantoor van Chris. Meteen bij binnenkomst wenkte Albert haar of ze naar zijn kamer kwam.

'Schat, ik ben zo opgelucht.'

Ze knikte en plofte op de stoel voor zijn bureau. 'Ja, het was heel fijn om haar weer te horen lachen.'

Vervolgens vertelde ze over Chris' moeheid en haar gebrekkige kortetermijngeheugen maar liet haar eigen schaamteloze vertoning uit het verhaal. Ze kon niet inschatten wat Albert van Gilles wist.

'O, ik heb zo'n zin haar vanmiddag even stevig te knuffelen,' zei Albert en hij wreef in zijn handen van enthousiasme.

'Dat begrijp ik, en we gaan zo, maar even iets anders. Heb je je computer aan?'

Hij knikte. 'Hoezo? Moet ik iets voor je opzoeken?'

'Graag,' zei ze en rommelde in haar tas. 'Kun je de huizenportefeuille van Chris tevoorschijn halen?'

Albert tikte haar verzoek in en draaide zijn scherm van zijn desktop haar kant op. 'Welke wil je zien?'

'Dat landhuis met zeezicht vlak bij Biot,' omschreef ze het huis.

'Bedoel je deze?'

Het gele manoir met lichtgrijze luiken verscheen groot op het scherm en ze legde de zwart-witfoto op het bureau. 'Is dit hetzelfde huis denk je?'

Albert trok verbaasd zijn donkere wenkbrauwen op en bestudeerde de foto. 'Zonder twijfel. Kijk maar naar die afgeronde hoeken en die zeven ramen op rij. Die palmen zijn natuurlijk nu wat groter, maar voor de rest is het identiek. Hoe kom je hieraan?'

Ze zuchtte diep. 'Die vrouw op de foto is Colette, onze overleden moeder.'

16

'En in één keer trok die proleet een gouden Rolex uit zijn zak en gooide die zo op mijn bureau,' vertelde Albert en hief quasiwanhopig zijn handen in de lucht. 'Of ik maar even de eigenaar wilde omkopen. Waargebeurd!'

'Au, nee, hou op.' Chris schaterde het uit. 'Ik kan niet lachen, mijn ribben doen pijn.'

Op afstand bestudeerde Jacky de dynamiek tussen de twee goede vrienden. Chris had rode wangen van opwinding en kreeg de hele tijd de slappe lach ondanks dat haar gebroken rib dat eigenlijk niet toeliet. En Albert ontpopte zich tot een ware komiek met maar één doel: Chris opvrolijken.

Tijdens de lunch had ze met hem afgesproken niet over het feest, de pepperspray of het huis te beginnen, eerst moest Chris wat aansterken. Ze was nu blij met die afspraak, haar zus genoot al bijna een halfuur van de relaxte sfeer en de sterke verhalen.

'En nu? Waar is dat gouden ding nu?' vroeg Chris en ze checkte Alberts pols. 'Verkocht?'

‘Teruggestopt in zijn zak.’

‘Incroyable.’

De verpleegster met de zwarte haren stak haar hoofd om de deur. ‘Kunnen jullie afscheid nemen?’

‘Maar natuurlijk,’ zei Albert en stond meteen op. ‘We bouwen het rustig op.’

‘Nou rustig...’ zei Chris met een stralende lach.

Albert gaf haar een handkus en liep naar de deur. ‘Zie je morgen schat, ik wacht even op de gang.’

Nu schoof Jacky wat dichter bij het bed. ‘Rust maar lekker uit. Morgen komen we je weer vermoeien.’

‘Het was zo gezellig,’ zei Chris en ze probeerde de la van het nachtkastje te bereiken. Haar gezicht vertrok van de pijn.

‘Laat mij dat nou doen. Wat wil je hebben?’ vroeg ze, toen ze de la opentrok.

‘Volgens mij ligt mijn mobiel erin.’

Jacky vond de clutch met de telefoon. ‘Klopt, maar hij is leeg. Zal ik hem thuis voor je opladen?’

Chris knikte. ‘Je weet mijn code toch?’

‘040246?’ vroeg ze naar de bekende weg. Ze gebruikten beiden altijd hun moeders geboortedatum.

Chris knikte opnieuw en haar ogen keken alweer vermoeid. ‘In mijn contacten staat zijn nummer.’

‘Wiens nummer?’ vroeg ze terwijl ze het antwoord al wist.

‘Bel hem nou. Hij zou het zo fijn vinden.’

Ze wilde roepen dat ze dat dus echt nooit ging doen,

maar de smekende ogen van haar zus dwongen haar tot een andere belofte. 'Oké, ik zal erover denken.'

Chris zuchtte. 'Dank je schat.'

'Tot morgen.' Ze gaf haar zus een vluchtige kus op haar gloeiende voorhoofd en nog voordat ze de kamer uit was, was Chris alweer in slaap.

Albert draaide zijn open jeep het harde zandpad op. Ze passeerden een typisch Zuid-Frans bos vol parasoldennen. De geur van hars en gedroogde dennennaalden prikte in haar neus. De aarde was zo droog, dat ze een wolk van stof achter zich lieten.

'Echt lief dat je mee wilde,' zei ze voor de tweede keer.

Albert zette de radio wat zachter. 'Schat, ik wil manoir Les Papillons toch ook zelf graag zien. Het is volgens mij een droom. Lisa vertelde dat Chris veel geïnteresseerden had. Ook uit Nederland.'

'En dat voor vierenhalf miljoen.'

'Ja, opmerkelijk veel geld. Dat is zelfs voor hier aan de hoge kant.'

Nu reden ze langs een open plek vol wijnranken. De druiven hingen zwaar aan de tros en aan het einde van het veld was een groep plukkers bezig.

'Hoort dit er ook bij?'

Albert knikte. 'Het is een klein domein. Voornamelijk rosé. Eigenlijk had de pluk nu wel afgerond moeten zijn.'

De weg liep iets omhoog en kwam uit op een oude

muur, onderbroken door een hoog ijzeren hek. Albert sprong uit de auto en duwde het hek open. Een lange oprijlaan met cipressen verscheen in beeld. Ze reden de wat hobbelige weg verder omhoog en na een flauwe bocht zag ze het gele landhuis achter de platanen verschijnen.

Ze parkeerden de auto naast een oude schuur en toen de motor uit was, hoorde ze de stilte. De wind die de bladeren licht deed knisperen, het gekraak van droog gras onder haar voeten en het hoge tjirpende geluid van de krekels. De uitgebloeide lavendel rook nog sterk en ook tijm, rozemarijn en laurier kwamen in vleugen voorbij.

'Wat een rust,' zei ze en ze voelde de spieren in haar schouders ontspannen.

'Ja, echt een unieke plek,' zei Albert en hij wees richting de zee. 'En dat op maar een paar kilometer van de kust. In vastgoed gaat het om drie dingen: locatie, locatie, locatie. Het huis kun je veranderen, de plek nooit.'

Via een gemalen schelpenpad liepen ze verder het terrein op en ze werd overdonderd door de rijkdom van de tuin. Het geheel was een beetje overwoekerd maar nog steeds stonden de bougainvilles, mimosa en rozen stralend in bloei en liep het gigantische gazon vloeiend over in het bos verderop.

'Ik denk dat mijn moeder het hier heerlijk heeft gevonden.'

Albert keek haar aan. 'Je hebt echt geen idee hè, waarom en bij wie ze hier was?'

Ze schudde haar hoofd en wilde net gaan uitleggen dat haar moeder een flamboyante vrouw was die vast veel rijke vrienden had gehad, toen ze door de bomen het zwembad zag liggen. Haar hart sloeg over. 'Ik ben hier ook geweest.'

'Echt?'

Ze knikte en liep de stenen trap af naar beneden. Ineens herkende ze alles. De palmen die schaduw gaven, de glazuursteentjes die het zwembad groen kleurden, het stenen huisje waar ze winkeltje speelden en het ondiepe gedeelte in het zwembad waar ze de barbies lieten drijven. Ze slikte en haar hoofd voelde licht. 'Chris en ik hebben hier vaak gespeeld.'

'Wat bizar,' zei Albert en hij sloeg een arm om haar schouders.

Ze lieten zwijgend hun blik door de tuin gaan en keken in de verte naar de kust. Het was dat de zon zo fel brandde, anders hadden ze hier eindeloos kunnen blijven staan. Het was zo'n rustgevende plek. Nu leidde Albert haar naar de schaduw van een sinaasappelboom. 'En kun jij je herinneren wie hier woonde?'

'Geen idee. Het zijn flarden. Beelden die voorbijschieten. Maar het voelt wel prettig. Volgens mij kwam ik hier met plezier. Alleen was ik in die tijd nog maar vier jaar oud. Concrete beelden heb ik niet.'

'Dat is heel jong inderdaad,' zei Albert en hij wapperde zich met een folder van het huis wat koelte toe. 'Wil je ook even binnen kijken? Misschien komt er dan nog meer terug.'

Samen liepen ze over het grasveld, dat ondanks de brandende zon toch nog vochtig aanvoelde, naar het landhuis. Bijna alle luiken waren gesloten en het terras onder de platanen zag er verlaten uit. Ze wist zeker dat ze hier ook ooit geweest was, maar deze plek voelde in tegenstelling tot de tuin beklemmend. Ze was opgelucht toen Albert de deur opendeed en ze naar binnen konden glippen. Gek genoeg bracht de koele gang geen herinneringen meer terug.

'Wie is nu eigenlijk de eigenaar?' vroeg ze en ze liet haar hand langs een marmeren dressoir glijden.

Albert keek in zijn papieren. 'Zijn naam staat hier niet, alleen dat hij zelf in de orangerie achter in de tuin woont. Ik heb hem weleens op kantoor ontmoet. Het is een vriendelijke, oude man. We kunnen kijken of hij thuis is?'

Ze schudde haar hoofd. 'Misschien straks.'

Albert opende een brede deur en een bedompte geur overviel haar.

'Zo te ruiken is hier al jaren niemand meer geweest,' zei Albert en hij klikte een schermerlamp in de donkere kamer aan. Het stof dwarrelde op in het licht. Ze stonden midden in een grote bibliotheek, overal kasten met boeken achter glas, een grote haard en een antiek bureau voor het raam dat nu achter luiken verborgen zat. En zonder er verder bij na te denken liep ze naar de achterste hoek en trok aan een kast.

'Wat doe je?' vroeg Albert verschrikt.

Ze trok nog een keer, maar nu harder en met gekraak draaide ze de kast open. Een kleine nis verscheen met daarin een houten fornuisje en twee poppenbedjes. 'Dit was onze favoriete speelplek.'

Totaal verbaasd stond Albert in het midden van de kamer. Zijn linnen pak leek ineens een maat te groot. 'Dit is niet waar!'

'Ik weet het zeker. We waren hier vaak.'

Haar benen leken van rubber en alsof een migraine zich alweer aankondigde, schoot er direct een steek door haar hoofd. En toch voelde het goed. Hier waren ze gelukkig geweest. Ze ging door haar knieën en voelde aan de poppendekentjes. Precies zo zacht als ze zich het kon herinneren. 'We pasten hier met zijn tweetjes makkelijk in.'

'Dit is echt heel bizar,' zei Albert nog wat beduusd. 'Is het toevallig niet jullie eigen huis?'

Jacky schoot in de lach. 'Was dat maar waar. Nee, mijn moeders parfumbedrijfje liep niet goed. We woonden in een appartementje ergens in de stad. Maar daar weet ik niets meer van.'

'Curieus,' besloot Albert en hij liep naar de aangrenzende kamer. 'Zullen we verder gaan? Misschien herken je hier wel nog meer.'

Ze stond op en liep achter hem aan terwijl hij de twee

volgende deuren tegelijk opende. In deze kamer was de sfeer compleet anders. Het leek een soort zomersalon, met rieten stoelen en verkleurde kussens. De luiken waren open en er stonden verse bloemen op tafel.

Ze verstijfde en bleef op de drempel staan. Een koude rilling rolde over haar rug. Die geur! Het was exact dezelfde die ze al vaker had geroken. Gelaagd oud leer. Hij hing heel licht in de kamer, maar ze was absoluut zeker dat hij identiek was.

'Hier is recent nog iemand geweest,' zei Albert en hij draaide zich naar haar om. Van schrik deed hij een stap naar achter. 'Wat is er? Je ziet eruit alsof je een spook hebt gezien!'

'Zo voelt het ook.'

'Kom,' zei hij en hij pakte haar hand. 'Er is niets aan de hand.'

'Ik ga niet verder. Dit voelt niet goed,' zei ze resoluut en rukte zich los. Precies op dat moment ging haar mobiel in haar tas af. Opgelucht dat de telefoon voor afleiding zorgde, pakte ze hem snel op. Een onbekend nummer verscheen in het beeld.

'Madame Duran?'

Voordat ze bevestigend kon antwoorden, ging de beller al verder. 'U spreekt met Bouvier, de assistent van dokter Lambert. De toestand van uw zus is verslechterd.'

'Wat?'

'Het komt zelden voor, maar ze is opnieuw in coma geraakt.'

17

‘Ze was net nog wakker,’ riep Jacky uit en ze had zin om met haar vuisten op Lamberts borst te rammen. Hij stond er zo onbewogen bij, terwijl Chris in het bed verder weg leek dan ooit. ‘Dit kan toch niet!’

‘Ik vrees van wel,’ zei dokter Lambert met uitgestreken gezicht. ‘Het spijt me vreselijk.’

‘Wat is er gebeurd?’ vroeg Albert.

Lambert schudde zijn hoofd. ‘Ik weet het niet. Echt niet. Ze heeft wat verhoging maar dat kan niet de oorzaak zijn.’

Ze stopte haar gebalde vuisten in haar zakken. ‘En nu?’

‘Afwachten. Hopen dat ze er weer snel uit komt.’

Ze stond naast Albert aan het voeteneind en hield de bedrand stevig vast. Het ijzer verkoelde haar zweterige handen, maar de kloppende hoofdpijn werd steeds erger. ‘Kunnen we niets doen? Stimulatie, medicijnen?’

Lambert schudde zijn hoofd. ‘De mogelijkheid tot behandelen is beperkt. Helaas. We gaan morgenochtend natuurlijk zo snel mogelijk scans maken om te bepalen wat er aan de hand is.'

Ze wilde knikken maar haar hoofd deed te veel pijn om te kunnen bewegen. De migraine had definitief gewonnen en ze voelde zich misselijk worden. De geur van de grote bos rode rozen die op tafel stond was bijna niet te verdragen.

'Hebt u genoeg middelen? Extra geld nodig?' vroeg Albert en ze hoorde dat hij nog veel meer vragen stelde maar ze kon zich er niet meer op concentreren. De kamer begon te draaien en de misselijkheid kwam in steeds kortere golven. Ze probeerde naar de deur te lopen, maar het was al te laat en zonder dat ze er iets aan kon doen, kwam de lunch er in etappes weer uit en zakte ze in elkaar.

Albert had de gordijnen in de studio dichtgetrokken en alleen bij het keukenblok een lampje aangedaan. En toch voelde het alsof ze in de spotlights lag. Lichtflitsen schoten door haar hoofd en de pijnscheuten waren zo scherp dat met haar ogen knipperen al niet te doen was. Ze lag onder een dun laken, met een teil naast zich. Ze hoorde dat Albert met Xavier en Aimee belde. Eigenlijk moest ze de kinderen even gedag zeggen maar ze kon het niet opbrengen. Het liefste wilde ze dat rond haar bed een gat zou ontstaan waarin ze kon verdwijnen. Bij voorkeur voorgoed.

De deur ging open en ze hoorde vaag Rosalies stem.

Had Albert contact met haar opgenomen? Ze merkte dat ze hun best deden zacht te praten, maar het gesprek kwam versterkt bij haar binnen zonder dat ze de woorden kon verstaan.

Albert kwam naast haar bed staan, met een glas in zijn hand. 'Rosalie heeft de pillen opgehaald bij de apotheek. Ik denk dat je ze moet nemen.'

De gedachte dat ze zich nu moest oprichten, water moest drinken en een pil doorslikken was ondraaglijk, maar ze wist ook dat dat het enige was wat verlichting zou kunnen geven. Vertraagd deed ze wat moest doen, waarbij zelfs het openen van haar mond pijn deed. Daarna draaide ze zich om en bleef doodstil liggen.

'Ik heb je telefoons uit je tas in de oplader gedaan,' legde Albert langzaam uit en gelukkig ging hij niet op de rand van het bed zitten. 'Rosalie en ik gaan nu, maar je kunt ons dus altijd bereiken als er iets is. We komen meteen.'

Ze wilde hem bedanken, maar veel meer dan wat zacht gegrom kreeg ze niet voor elkaar. Albert klikte ook het laatste lampje uit en sloot heel zacht de deur achter zich. Het klonk als gedreun dat nog lang nagalmde in haar hoofd.

18

Alsof ze heel langzaam uit een donkere grot richting het licht kroop, ontwaakte Jacky. Ze wachtte op de eerste stekende pijnscheut, maar toen die uitbleef durfde ze iets rechterop te gaan zitten. Haar hoofd voelde beurs, alsof de binnenkant een grote blauwe plek was. Zelfs haar oogspieren waren stijf. Toch voelde ze zich beter. Ze had zelfs zin om iets te eten.

Ze keek op haar mobiel en zag dat het halfeen 's nachts was. Dan had ze zeker zes uur vast geslapen. De tien appjes negeerde ze, reageren kon ook morgen wel. Heel voorzichtig schoof ze uit bed en liep leunend via de muur naar het keukentje. In een kast vond ze een pak crackers en brak er een in tweeën. Afgewisseld met slokjes water kreeg ze de halve cracker naar binnen. Zodra eten weer een beetje ging, wist ze dat de migraine zich aan het terugtrekken was. Ze nam nog een pil en liep in hetzelfde trage tempo terug naar bed.

Op het nachtkastje lag ook Chris' mobiel, die Albert kennelijk in haar tas gevonden had. De gedachte aan haar zus maakte haar opnieuw misselijk en ze liet zich in de kussens zakken. Ze kneep in haar lakens en haar kaken voelde gespannen. Het was zo frustrerend dat ze niets, echt helemaal niets voor haar kon doen.

Ter afleiding deed ze de televisie aan. Maar de Franse praatprogramma's konden haar niet boeien. Wie kon zich nou nog druk maken over de zoveelste staking van de boeren of de mislukte plannen van Macron? Haar zus lag in coma en dat was echt het enige wat belangrijk was.

En misschien in een poging toch dichterbij haar te komen of misschien gewoon uit verveling, pakte ze de mobiel van haar zus en voerde de code in. Een lange rij appjes stroomde binnen. Veel van klanten waarschijnlijk, maar ook een paar van Gilles. Meteen klikte ze Whatsapp weer weg. Ze wilde niet weten waar ze contact over hadden gehad en legde de telefoon terug op het kastje.

Daarna deed ze het lampje uit en probeerde weer in slaap te komen. Elk halfuur hoorde ze opnieuw de kerkklok slaan maar de voorbijgaande tijd bracht de slaap niet dichterbij. Rust zou zeker helpen tegen de migraine, maar ze wist ook dat hoe harder ze het zou proberen, hoe onmogelijker het werd.

Opnieuw pakte ze Chris' mobiel en scrolde door haar contacten. Bij Gilles' nummer bleef ze hangen. Zou Chris contact met hem hebben gezocht of had Gilles haar gevonden? En waarover gingen hun gesprekken?

Had hij zijn excuses aangeboden? Hadden ze haar en de kinderen besproken? Hadden ze gemeenschappelijke interesses gevonden? En ineens, zonder dat ze een echte beslissing had genomen, drukte ze op het telefoontje.

'Hallo?' hoorde ze meteen een Franse stem.

Ze schrok hoe vertrouwd hij nog klonk en viel stil.

'Christine, ben je daar?' vroeg hij hoopvol.

Ze slikte. 'Nee, het is Jacqueline.'

'O, Jacky, echt waar?' vroeg hij nu in het Nederlands.

Tranen sprongen in haar ogen. 'Het gaat heel slecht met Chris.'

'Ik weet het ma chérie,' zei hij en zijn stem trilde. 'Ik weet het.'

Ze kon haar tranen niet langer bedwingen en begon zachtjes te huilen.

'Ma chérie, ik kom nu naar je toe.'

'Nee!' gilde ze door haar tranen heen. 'Ik wil je niet zien.'

'Alsjeblieft niet ophangen, Jacky, ik...' hoorde ze hem nog zeggen maar ze reageerde niet meer en drukte hem weg.

'Stommerd,' zei ze hardop tegen zichzelf en veegde met het laken resoluut haar tranen weg. Dit had ze nooit moeten doen. Behalve pijnlijke herinneringen en lastige emoties ging hij haar toch niets brengen. Onbegrijpelijk dat Chris wel contact met hem had. Ze krulde zich als een foetus op in haar bed en terwijl ze het telefoongesprek constant in haar hoofd aan het herhalen was, viel ze toch langzaam in een diepe, droomloze slaap.

19

Haar mobiel ging af, alleen klonk het alsof hij in een andere kamer lag en ze liet hem gaan. Maar binnen een seconde ging hij opnieuw en nu werd ze langzaam wakker. De zon scheen door de gordijnen en nog met haar ogen half dicht vond ze tastend haar telefoon. Jacob? Wat moest die nou?

'Hé Jacob, hoe is het?' vroeg ze zo neutraal mogelijk. Ze had geen zin om met hem uitgebreid de toestand van Chris te bespreken. 'Zie je de kids nog vandaag?'

'Nou ik… nee, ik denk dat dat niet gaat lukken,' stamelde hij en ze was meteen alweer geïrriteerd. Als hij niet bij haar kinderen was, waarom belde hij dan?

'Waarom niet?'

'Nou ik…' begon hij opnieuw te hakkelen. 'Heb je eigenlijk mijn app van gisteravond gezien?'

Ze kon zich herinneren dat ze gisteravond wel wat appjes had gezien maar niet had gelezen. 'Nee, ik had migraine.'

'Dat hoorde ik al van Aimee. Hoe gaat het nu?'

'Mwah, iets beter,' zei ze en ze vroeg zich af waarom Aimee Jacob hierover had verteld. Dat ging hem eigenlijk niets aan.

'Het is ook heftig. Daarom wil ik je graag helpen. Dat had Tom vast fijn gevonden.'

'Ja, vast,' zei ze en ze hoorde zelf haar geprikkelde toon. Hij bedoelde het ongetwijfeld goed, maar hij moest niet nu ook nog Tomas erbij halen. Zag hij dan niet in dat er al genoeg speelde? Dat alleen al de gedachte aan Tom haar nu uit balans kon brengen?

'Dus gisteravond dacht ik, ik ga,' zei hij nog steeds heel vriendelijk.

'Ga? Waarheen?'

'Naar Nice.'

'Nice?' herhaalde ze stomverbaasd. 'Kom je hierheen?'

'Ik ben er al.'

Ze ging rechterop zitten en wreef met beide handen over haar oren. Alsof ze wat ze net had gehoord kon wegvegen. Jacob hier in Nice? Wat kwam hij doen? Hoezo dacht hij dat ze op zijn hulp zat te wachten?

'Jacky?'

'Heeft Aimee je gestuurd?'

Nu was Jacob stil en ze wist dat ze haar ergernis te ver had laten gaan.

'Waar ben je?' vroeg ze en ze probeerde aardiger te klinken. 'Wil je straks wat afspreken?'

'Ik zit beneden, in café Le Sejour. Aan de koffie.'

*

Ondanks haar zonnebril toch knijpend tegen het felle zonlicht, liep Jacky behoedzaam de straat op. Ze voelde zich nog wat licht in haar hoofd maar de pijn was verdwenen. Zelfs de zin in eten was volledig teruggekeerd en ze verlangde naar een stevige kop koffie.

Van een afstand zag ze hem al op het terras zitten. Zo op de rug gezien en licht voorovergebogen leek hij exact op Tomas. Een lang, stevig lichaam maar waarmee hij toch bescheiden overkwam. Donkere krullen, hoewel Jacob grijzer bij de slapen was dan Tom, en casual maar verzorgd gekleed. Zoals nu in een groene polo, espadrilles en korte broek.

Toen Jacob haar zag, stond hij meteen op. Door de snelheid waarmee hij omhoogkwam, stootte hij zijn stoel omver die met veel gekletter op de stoep viel. Excuses makend naar iedereen op het terras, zette hij vlug de stoel terug en liep op haar af.

'Onhandigheid zit in de genen, vrees ik,' zei hij en hij gaf haar een knuffel.

Door haar dunne zomerjurk heen voelde zijn lichaam onverwacht vertrouwd en ze slikte. Die constante aanwezigheid van Tom als ze Jacob zag, maakte een ontmoeting met hem altijd lastig. Ze had zelfs het idee dat ze dezelfde lichaamsgeur hadden.

'Jullie lengte past ook niet in de echte wereld,' zei ze zo luchtig mogelijk. 'Dan gaat er wel eens wat fout.'

'Dat is de lieve manier om het te omschrijven. Je kunt het ook gewoon lomp noemen.' Hij schoof een stoel naar achter en gebaarde haar aan het ronde, marmeren tafeltje te gaan zitten. 'Koffie?'

Ze knikte. 'Cappuccino. En een croissant graag.'

Hij bestelde haar ontbijt en schoof zelf ook aan. Zijn lange benen pasten bij lange na niet onder het tafeltje en hij strekte ze naast haar uit. Precies zoals Tom ook altijd deed.

'Dat was ongetwijfeld even schrikken.'

'Je bedoelt je telefoontje? Ik had niet door dat het al elf uur was.'

'Het tijdstip was vast niet de enige reden voor je irritatie.'

En ondanks haar wrevel glimlachte ze. Zijn directheid had ze altijd wel prettig gevonden. 'Klopt, ik was nogal overvallen door je komst.'

'Op zijn zachtst gezegd, denk ik, maar ik begrijp het natuurlijk.' Zijn brede lach verzachtte zijn gezicht en lichtte zijn ogen op. Hij leek ineens vijf jaar jonger. 'Het was ook een impulsieve actie.'

'Waarom heb je het niet eerst met mij overlegd?'

'Ik heb je geprobeerd te bereiken en stuurde je een berichtje. Maar toen ik niets hoorde, werd ik eigenlijk nog onrustiger.'

Ze glimlachte opnieuw en ze voelde haar ergernis wegebben. Ze moest toegeven dat zijn onverwachte daad toch ook gewoon aardig was. 'En toen dacht je, het bier kan zichzelf wel brouwen, ik ga.'

Hij knikte en legde uit dat hij vannacht uren had liggen malen over alles wat er rond Chris speelde en vervolgens vanochtend vroeg meteen de eerste vlucht had geboekt. 'Want volgens mij kloppen er dingen niet. En ik vermoed dat jij dezelfde twijfels hebt.'

Zijn opnieuw nogal directe constatering raakte haar en ze was blij dat de ober hun bestelling kwam brengen, zodat ze het even kon laten bezinken. Jacob benoemde ineens wat bij haar van het begin af aan ook al knaagde, maar waar ze niet precies haar vinger op had kunnen leggen. Of niet op had willen leggen. De gebeurtenissen rond de val rijmden niet met elkaar en haar vermoeden dat er opzet in het spel was, was na gisteravond nog sterker geworden.

'Waarom denk je dat?' vroeg ze terwijl ze het schuim door haar koffie roerde.

'Omdat Christine niet zo onhandig is als ik. Die valt niet zomaar over een hoge balkonreling. En dat ze nu opnieuw in een coma is geraakt, klopt al helemaal niet.'

'Mee eens,' zei ze en scheurde een stuk van haar croissant af. 'En er is nog veel meer wat je niet weet.'

'Dat vermoedde ik al.' Hij zakte wat onderuit. 'Vertel.'

En of het nou kwam omdat ze eindelijk weer Nederlands kon praten of omdat Jacob toch als een soort familie voelde en hij meer verbinding zocht dan anders, ineens benoemde ze stuk voor stuk alle merkwaardigheden. Ze vertelde over de gevonden pepperspray, de afwezige sleutels, de verdwenen ring van hun moeder, de slaapmiddelen in Chris' bloed, de afwezigheid van alcohol, de hoge balkonrand en over haar idee dat ze achtervolgd werd.

'Dit lijkt me duidelijk,' zei hij en wreef met beide handen over zijn benen, alsof hij al meteen tot actie wilde overgaan. 'We gaan zo meteen naar de politie.'

'Die zien mij aankomen. Weer zo'n hysterische toerist, met een ongeloofwaardig verhaal.'

Hij keek haar onderzoekend aan. 'Waarom zouden ze zo reageren? Je verzint toch niets? Nee, dit hoef je niet in je eentje op te lossen. Sterker nog, dit moet je niet in je eentje oplossen.'

'Als je het zo zegt, klinkt het simpel.'

'Dat is het natuurlijk niet, dat besef ik ook wel. Ik heb ook geen idee wat hier aan de hand is. Maar het is belangrijk dat jij er niet mee bezig hoeft te zijn. Dat moet de politie doen, die zijn ervoor. Dan kun jij je op Chris focussen. Zij heeft je hulp nu hard nodig.'

Haar ogen prikten en ze nam snel een slok koffie. De vanzelfsprekendheid van Jacobs steun voelde onverwacht veilig. Hij was doortastend zonder dominant te zijn. Eigenlijk precies wat ze nu nodig had en na nog een slok besloot ze ook over Gilles te vertellen. 'Wist je dat Chris weer contact heeft met Gilles?'

Hij knikte en ze vertelde dat ze op verzoek van Chris vannacht Gilles had gebeld.

'En?'

‘Ik kan het niet. Ik wil hem niet zien.’

‘Ik denk wel dat Chris gelijk heeft,’ zei Jacob en zijn stem was rustig maar beslist. Hij boog zich naar voren. ‘Het wordt echt tijd om je vader te ontmoeten. Ik weet zeker dat het je goed zal doen. En dan kun je ook eens zijn kant van het verhaal horen.’

Eigenlijk wilde ze roepen dat niemand kon beseffen wat een afwezige vader met je doet en dat ze totaal geen behoefte had aan zijn versie, maar ze had ook geen zin meer in een discussie hierover. Ze knikte. ‘Ik zal erover nadenken.’

20

Commissaire Moullard luisterde al zeker een halfuur naar haar. Soms stelde hij een vraag en regelmatig tikte hij gegevens in de computer in. Door de aanwezigheid van Jacob, die haar af en toe een bemoedigend knikje gaf, voelde ze zich op haar gemak bij de wat oudere politieman en vertelde ze zelfs over haar vermoeden gevolgd te worden.

'Dat klinkt allemaal niet zo best,' concludeerde Moullard toen ze klaar was met haar verhaal. 'Ik zal dit met een collega bespreken. Wilt u ondertussen nog een glas water?'

Ze knikte. 'Heel graag.'

Moullard verliet de kamer en liet de deur openstaan. Met enige moeite kon ze horen dat hij iemand riep, maar waarover ze spraken, kon ze niet verstaan.

'Toch gek hè,' zei Jacob en hij nam zijn laatste slok water. 'Als je zo het rijtje gebeurtenissen opnoemt, is het veel. Maar apart lijken die gevallen niet zo bijzonder.'

'Precies daarom wilde ik het al die tijd eigenlijk ook niet melden.' Ze probeerde in de gang te kijken wat er gebeurde, maar ze zag alleen schaduwen bewegen. 'Gelukkig lijkt die Moullard begripvol te reageren.'

Jacob wilde nog iets zeggen maar de rechercheur kwam al terug met een jongere man, die zich voorstelde als 'Leger' maar niet aan tafel schoof. Zijn zware goedkope aftershave hing als een wolk om hem heen. Wijdbeens, met de armen over elkaar bleef hij staan. Zijn donkere blik strak op haar gericht.

'Wat hebt u met Aleksis Volkov?'

De indringende vraag kwam totaal onverwachts en ze deinsde naar achter. Ook Jacob keek haar vragend aan.

'Wat bedoelt u?' vroeg ze en kneep in haar handen. 'Of ik hem ken?'

Leger bleef haar recht aankijken. Zijn mond verstrakte tot een dunne lijn. 'Ja, wat is uw connectie?'

Het bloed steeg naar haar wangen. Ze voelde zich al schuldig zonder dat ze wist wat er aan de hand was. 'Niet meer dan ik u al heb verteld. Hij was de gastheer van het feest.'

Leger wisselde een blik met Moullard. 'En dat is alles wat u over hem wilt zeggen? Weet u dat zeker?'

Ze knikte opnieuw. 'Ik heb hem maar één keer ontmoet.'

'Nooit eerder contact gehad?'

Ze schudde haar hoofd. 'Nee, dat verliep via de vriend van mijn zus.'

'Waar bent u mee bezig?' vroeg Jacob terwijl hij opstond. Hij was zeker een kop groter dan Leger en keek op hem neer. 'Waarom wordt mevrouw ineens ondervraagd?'

Hoewel zijn Frans niet feilloos was, kregen de mannen in de gaten dat hun toon te intimiderend was en hun houding werd milder. Moullard glimlachte en Leger leunde nu ontspannen tegen de deurpost.

'Excuses,' zei Moullard en gaf haar het beloofde glas water. 'Dit kwam misschien wat vreemd over. Maar gistermiddag heeft Volkov zich persoonlijk bij ons gemeld en hij vertelde zelf ook dat hij de gebeurtenissen op zijn feest nogal curieus vond.'

'En voordat Volkov in eigen persoon bij de politie komt...' vervolgde Leger en hij trok zijn jasje recht. Ze zag nog net een holster onder zijn oksel verschijnen. '... dan moet er echt iets aan de hand zijn.'

Haar buik kneep samen en de druk achter haar ogen nam meteen weer toe. Moullard zag dat ze schrok en hij legde uit dat Leger een fiscaal onderzoek naar Volkovs bedrijven leidde. 'Het gaat om grootschalige belastingontduiking.'

'Of slinkse witwaspraktijken. Dat moet nog blijken,' vulde Leger aan. 'We kunnen hangende het onderzoek er verder helaas niets over zeggen. Maar door de gigantische corruptie in de stad is hij ongetwijfeld zelf al van alles op de hoogte.'

Jacob zuchtte diep en ging weer zitten. 'Wat een verhaal. Is hij gevaarlijk?'

'In de zin van gewelddadig? Nee, daar gaan we nu niet van uit,' zei Leger en hij maakte aanstalten te vertrekken. 'Sorry, maar ik was op weg naar buiten. Ik moet ervandoor. Mijn collega hier neemt het weer over.'

Ze namen afscheid en Leger beloofde via Moullard contact te houden. Daarna schoven ze weer aan tafel en Jacky liet het water in haar glas ronddraaien.

'Wat is uw inschatting?' vroeg ze aan Moullard, die zijn laptop al dichtklapte. 'Waarom heeft Volkov het gemeld?'

Hij haalde zijn schouders op. 'Waarschijnlijk om dezelfde reden als u. Omdat hij ook opzet vermoedt. Of omdat hij wil voorkomen dat de val aan hem wordt gelinkt. Hij heeft al genoeg om zich zorgen over te maken.'

'Niet omdat hij zelf schuldig is?' stelde Jacob de vraag die ook in haar gedachten rondzong.

Moullard schudde zijn hoofd. 'Nee, vooralsnog denken we van niet. Daar is hij te professioneel voor. Zo'n daad zou slecht zijn voor zijn business. Maar uitsluiten kunnen we het natuurlijk ook niet. Misschien hadden ze een zakelijk conflict.'

De airco sloeg aan en verspreidde een ratelend geluid. Meteen voelde ze een koude tocht langs haar blote armen glijden. Ze rilde en wreef haar armen warm. Jacob had het gelukkig gezien en stelde voor om te gaan.

'Graag, ik wil nog naar het ziekenhuis.'

'Dat dacht ik al,' zei Jacob. 'We zijn klaar, toch?'

'Zeker, ik weet genoeg. Wij gaan hier meteen mee aan de slag.' Moullard overhandigde haar een kaartje. 'En als u weer merkt dat u wordt gevolgd of door Volkov wordt benaderd, bel dan direct dit nummer.'

Ze staarde naar het kaartje. De laatste dagen moest ze zoveel informatie verwerken, dat ze af en toe in een soort vacuüm belandde. Alsof haar geheugen de deur dichtgooide, geen nieuwe gegevens toeliet en haar vervolgens gedachteloos achterliet. Ook nu wist ze even niet hoe ze moest reageren. Was Volkov nu ineens een bedreiging?

'Echt doen,' onderstreepte Moullard zijn verzoek, misschien ervan uitgaand dat ze hem niet had gehoord.

'Beloofd,' zei ze en stopte het kaartje in het voorvakje van haar tas. Pas toen ze naar buiten liepen, merkte ze dat haar gedachten weer begonnen te werken en vlak voor de uitgang, draaide ze zich om. 'Nog een ding. Misschien niet belangrijk, maar toen ik net was geland, kwam ik terecht in een overval op mijn taxi. Twee kerels op scooters rukten de deur plotseling open. De taxichauffeur heeft er aangifte van willen doen, maar jullie weigerden dit klaarblijkelijk te noteren.'

Moullard keek haar verbaasd aan. Zijn snor leek een centimeter te zakken. 'Dat lijkt mij sterk. Dat nemen we altijd serieus. Wanneer was dit?'

'Maandag, drie dagen geleden.'

'Ik zal het straks nagaan. Nog meer?'

'Dit lijkt mij wel voldoende,' zei Jacob en hij wilde haar al naar buiten begeleiden, maar ze bleef staan.

'Waarschijnlijk heeft het er niets mee te maken,' zei ze aarzelend.

'Vertel maar,' zei Moullard en hij pakte een notitieblokje uit zijn binnenzak. 'Dan beoordelen wij wel of het belangrijk is.'

Ze vertelde over de eerste nacht en de brand voor de ingang van haar appartementengebouw. 'Aangestoken, maar geen schade. De brandweer was er snel bij.'

'Dat is ook vreemd ja.' Moullard schudde zijn hoofd. 'Nice is niet heel vriendelijk voor u.'

'Niet voor *ons*,' verbeterde ze hem.

'Uiteraard, niet voor u beiden. Hopelijk gaan we dat snel veranderen. Het zal geen makkelijk onderzoek worden vrees ik, maar we houden u op de hoogte.'

21

Jacky probeerde de koude handen van Chris op te warmen. Ze wreef over de zachte huid, blies in haar handpalmen en masseerde haar polsen, maar niets leek te helpen. Haar vingers bleven ook tussen die van haar ijzig aanvoelen.

In de deuropening waren de vier mannen druk met elkaar in gesprek. Xavier en Albert stonden dicht op dokter Lambert en Jacob hing net buiten de kring. Hij was wel zichtbaar betrokken maar het Frans ging hem duidelijk net te snel.

Het was alsof ze naar een te goed geacteerde filmscène keek. De hoofdpersonen speelden hun rol uitstekend en hun emoties leken geloofwaardig, maar het eindresultaat kon haar niet raken. Ze hoorden de kerels praten over resultaten van scans die er niet goed uitzagen en bloeduitslagen die nog moesten komen, maar de betekenis drong niet tot haar door. Eigenlijk voelde het prettig dat de teksten zo makkelijk langs haar heengleden, emotionele afstand werkte nu het beste.

'Gaat het wel?' vroeg Jacob ineens en hij liep op haar af. 'Je lijkt wat afwezig.'

Langzaam liet ze de vingers van Chris uit haar handen glijden en stond op. 'Dat klopt. Het voelt zo naar dat ik hier maar zit en niets voor haar kan betekenen.'

'Dat begrijp ik. Dat voelde ook precies zo met Tom. Weet je nog?'

Ze keken elkaar aan en ze zag in zijn blik dat hij aan precies hetzelfde moment terugdacht als zij. Die bodemloze avond, beiden wakend naast zijn bed. Wachtend op een teken van leven, dat niet meer kwam. 'Helaas nog als de dag van gisteren.'

'Onwerkelijk dat we hier nu weer zo staan,' zei hij en hij pakte haar schouder. Ongetwijfeld als troost bedoeld, maar de aanraking schoot als een elektrische schok door haar heen en ze deed meteen een stap naar achter. Ze kon niet nu ook nog dat verdriet aan.

'Ik denk dat ik even naar buiten moet,' zei ze en ontweek zijn begripvolle blik. Soms kon ze oprechte aardigheid niet verdragen. Dan brak haar zorgvuldig opgebouwde barrière tegen verdriet direct af. 'Even wandelen. Of zwemmen in zee.'

'Verstandig lijkt me. We houden hier wel de wacht.'

Ze zei de rest van de mannen zonder uitleg gedag en rende bijna naar het trappenhuis. Ze moest zo snel mogelijk naar buiten. Weg van al die hevige emoties. Met twee treden tegelijk nam ze de trap die langer leek dan eerst. In de grote hal werden de mensen niet meer dan schimmen en haar blik vernauwde zich tot de deur. Daarbuiten was ze weer vrij.

Ze struikelde de draaideur door, bleef op de stoep staan, opende haar armen en haalde diep adem. Met een schok schoot de zuurstof weer door haar lichaam, haar hartslag vertraagde en ze zakte op een bankje in de schaduw.

'Is deze vrij?' klonk direct een zachte stem naast haar.

Jacky schoof op voor een oudere vrouw die op het randje van de bank ging zitten en haar bezorgd aankeek. 'Ben je wel in orde, ma chérie?'

'Het gaat,' antwoordde Jacky nog nahijgend. 'Het is soms te veel. Al dat verdriet. De spanning. Het gemis.'

De vrouw legde kort een hand op haar rug. 'Dat begrijp ik. Gewoon rustig door je neus ademen, dan zakt het vanzelf weer.'

Jacky glimlachte. Niet zo zeer om het advies van de vrouw maar meer om het gegeven dat ze een onbekende makkelijker kon uitleggen wat ze voelde dan haar eigen familie. 'Het gaat, dank u wel.'

En zo kletsend op het bankje besloot ze dat ze naar de fabriek in Grasse zou gaan. Aimee had gelijk. Werk was toch de beste afleiding voor emoties. Daar konden wandelen en zwemmen niet tegen op.

Ze appte Jules, de directrice van de fabriek, dat ze er over een halfuurtje, zo vlak voor de lunch, zou zijn. En net toen ze opstond om een taxi aan te houden, zag ze hem ineens weer staan. Het donkere silhouet bij de tramhalte. En hoewel ze waarschijnlijk anders had moeten handelen, sprong ze onmiddellijk op en liep naar hem toe. Roepend dat hij niet moest wegrennen. Dat het een laffe actie was om haar te volgen. Dat de politie ervan wist.

Maar de man draaide zich toch om en dook een smal straatje in. Ze begon direct te rennen, voelde een steek in haar voet, struikelde bijna over de tramrails en stoof het steegje in. Hij was nergens meer te bekennen.

Een vrouw achter een viskar wees zwijgend in de richting van een nog smallere steeg. Zonder na te denken rende ze door en ineens stond ze in een doodlopend straatje waar de huizen aan weerszijden zo dicht op elkaar stonden dat de blauwe lucht nauwelijks te zien was. De dampige stank verraadde dat hier al lang geen zonnestraal meer was geweest. Maar de geur die haar het meeste opviel was die van oud leer.

Ze deed een stap naar voren. 'Wie is daar?'

De steeg bleef stil op het geluid van een piano na, dat door een open raam naar buiten dreef. En hoewel ze kon bedenken dat het niet verstandig was, liep ze toch verder het straatje in. 'Hallo?'

Even hoorde ze geschuifel en leek het alsof er in de schaduw van een luifel iets bewoog, maar daarna was het weer muisstil.

'Kom verdorie nu tevoorschijn!' riep ze wat harder en haar woorden galmden door de steeg.

Nog steeds geen reactie.

'Eikel!' schreeuwde ze nu en ze was zelf verrast door de kracht in haar stem. 'Waar zit je?'

Maar ze hoorde helemaal niets. Zelfs geen kuch of gehijg.

Snel pakte ze haar mobiel uit haar tas maar haar hand trilde zo erg dat ze moeite had hem recht te houden. Toch lukte het een foto van de schaduwplek te maken. De flits verlichtte de steeg en ze zag de oude man onder het afdak staan. Voorovergebogen met een forse baard en een leren pet op zijn hoofd. Hij hield zijn ogen dichtgeknepen tegen het felle licht. Haar buik draaide om. Dit kon niet waar zijn.

'Papa?'

De man deed een stap naar voren en stond nu vol in het licht. '*Oui chérie, c'est moi.*'

Ze bleven beiden zwijgend staan. Op ruim vier meter van elkaar vandaan. Ze zag dat hij haar bestudeerde en ze kon ook alleen maar naar hem staren. Hij was kleiner dan ze zich herinnerde en minder krachtig. Veel meer rimpels in zijn gezicht ook. Maar ze herkende wel zijn woeste haren en die blauwe ogen die zo fel konden stralen.

'Mijn liefste Jacqueline,' zei hij als eerste en deed voorzichtig een stap dichterbij. In een reflex stapte ze naar achter en ze zag aan zijn trekkende mondhoeken dat haar reactie hem kwetste.

'Ook hallo,' zei ze en ze hoorde zelf hoe belachelijk haar reactie klonk. Vijfendertig jaar lang had ze hem niet gezien en vaak had ze in gedachten hele gesprekken met hem gevoerd. En nu, op zo'n korte afstand van elkaar, wist ze niets meer te zeggen.

Fysiek voelde ze van alles gebeuren. Een droge mond, rillingen over haar rug en prikkende ogen. Maar emotioneel was ze leeg. Woede was logisch geweest. Dat had ze al die jaren zo sterk gevoeld. Maar deze oude man, die zichtbaar veel leed met zich meedroeg en haar verwachtingsvol aankeek, verdiende dat niet.

En hoewel weglopen nog geen uur geleden de meest logische reactie had geleken, deed ze nu een stap dichterbij en wenkte hem. 'Kom Gilles, volgens mij hebben we wat te bespreken.'

22

Ze appte Jules dat ze iets later zou komen en liep naast haar vader verder over het place Garibaldi. Van een afstand zag het er ongetwijfeld gezellig uit. Waarschijnlijk konden mensen niet zien dat ze familie waren, daarvoor was zij te lang, te blond en te Nederlands en hij te gedrongen, te donker en te Frans, maar het gesprek dat ze voerden oogde geheid knus.

Aangezien zijn gehoor niet meer zo goed was, moest ze dicht naast hem lopen. Af en toe raakte ze zelfs per ongeluk zijn arm aan. Precies zoals familieleden zouden doen, alleen was de conversatie als tussen twee vreemden.

Hij vroeg naar de kinderen en naar haar werk, condoleerde haar beleefd met het overlijden van Tomas. Ze antwoordde in korte zinnen en stelde geen wedervragen. Ze wilde niet de indruk wekken dat ze in hem geïnteresseerd was. Zelfs toen hij over Chris begon en zijn zorgen uitte, hield ze zich op de vlakte.

In de rue Bonaparte zochten ze een plekje op het terras van Café des Chineurs en ze bestelde meteen twee pastis.

'Is dat wel verstandig?' vroeg hij bezorgd.

'Waarom niet?'

'Nou, alcohol drinken als neus is toch niet zo'n goed...'

'Ik denk dat ik dat prima zelf kan bepalen,' brak ze hem bot af. 'Ik heb het al die jaren lang ook zonder je briljante advies gered.'

Zijn ogen werden vochtig en hij draaide zijn gezicht naar de straat. Ze voelde zich misselijk worden want hoewel een deel van haar hem graag kwetste, sneed elke snauw ook bij haar als een mes naar binnen. Ze besloot dat niets zeggen beter was en ze zaten in stilte bij elkaar.

Af en toe keek hij haar aan en leek iets te willen zeggen, maar sloeg dan zijn ogen weer neer. De situatie was pijnlijk ongemakkelijk en ze had het gevoel dat zij de spanning nooit alleen zou kunnen doorbreken. Ze pakte haar mobiel en deed alsof ze haar berichten checkte, maar appte Albert. 'Help me met Gilles. Café des Chineurs!'

De pastis kwam op tafel en ze dronken beiden in één keer hun glas leeg. Precies op hetzelfde moment zetten ze het weer terug.

'Nog twee graag,' bestelde ze bij de ober, die verbaasd naar hun snelle actie had staan kijken. Hij leek een opmerking te willen maken, maar alsof hij voelde dat de stilte niet verbroken moest worden, liep hij snel weer naar binnen.

Ze zaten nog geen meter van elkaar vandaan, maar het was alsof de hele stad tussen hen in lag. De geluiden, geuren en mensen vormden een ondoordringbare barrière. Voor hun neus begon een Nederlands stel dat over een plattegrond gebogen stond, luid ruzie te maken. Ze voelde zich met deze vreemden bijna meer verbonden dan met de man naast haar. De vader die er voor haar had moeten zijn, maar nooit aanwezig was geweest.

Ineens stond Gilles op en vroeg het paar vriendelijk of hij ze kon helpen. Hun gezichten klaarden op en in zijn beste Nederlands met het voor haar zo vertrouwde Franse accent hielp hij hen op de kaart door het oude Nice heen.

'Daar ligt de Cathédrale Saint-Nicolas. Niet ver hiervandaan. En dat is de Cours Saleya,' legde hij geduldig uit en zijn grote, kromme vingers schoven over de plattegrond. 'Misschien tien minuutjes lopen.'

'En dan moeten we dus hier linksaf?' vroeg de man die meekeek op de kaart.

Gilles knikte. 'En daar kunt u dan meteen een bloemetje kopen voor uw vrouw. Om het goed te maken.'

De man klopte haar vader op de schouders. 'Dank u wel. Dat zal ik zeker doen.'

'Nou, u hebt ons huwelijk gered. Dat was op het nippertje,' zei de vrouw lachend en ze vouwde de kaart weer keurig op.

Ineens voelde Jacky zich trots. Precies zoals vroeger wanneer Gilles in de stad met iedereen een praatje maakte. Hij wist mensen altijd meteen op hun gemak te stellen en daar kon ze als kind al zo van genieten.

De ober kwam met de nieuwe pastis terug en nu nipte ze aan het glas. De geur van anijs werkte altijd troostend. Haar vader schoof weer aan tafel en toen hij ook een slok had genomen, durfde ze de confrontatie aan.

'Waarom volgde je me?'

Hij zuchtte. 'Ik had je gezien in het ziekenhuis. Op de gang. Maar ik wist niet wat ik moest zeggen.'

Ze beet op haar onderlip om niet meteen te roepen dat het een slap excuus was en knikte alleen maar.

'Ik maakte mij zorgen. Die val van Christine is heel raar. Ik was echt bevreesd dat jou ook iets zou overkomen en wilde je goed in de gaten houden.'

Ze schoot recht op. 'En daarom stalkte je mij?

Hij knikte. 'Dat klinkt raar ja. Maar ik wist niet wat ik anders kon doen.'

'Weet je wel hoe bang ik was?'

'Sorry.' Zijn ogen stroomden vol tranen. 'Ik dacht dat ik uit het zicht kon blijven.'

'Waarom sprak je mij niet gewoon aan?'

'Ik wist dat je me niet wilde spreken. Ik weet dat je mij haat.'

Ze schudde haar hoofd. 'Haat is het niet.'

'Afschuw dan. En dat begrijp ik goed.'

Nu kon ze haar tranen ook niet meer bedwingen en

ze huilde zachtjes met hem mee. Ze bleven elkaar aankijken en ze zag in zijn ogen alles wat zij ook voelde. Hunkering, teleurstelling, onmacht, verdriet, begrip en diep daarbinnen ook nog liefde.

Hij schoof zijn hand over tafel naar haar toe maar ze kon hem niet vastpakken. Ze kneep zo hard in haar eigen vingers dat ze pijn deden.

'Waarom?'

'Lieverd, het spijt mij zo,' fluisterde hij en hij sloeg zijn ogen weer neer. 'Het is onvergeeflijk wat ik heb gedaan. Al die jaren. Echt vreselijk.'

De woorden waar ze al die tijd zo naar had verlangd stroomden nu door haar lichaam.

'Waarom?' herhaalde ze en haar tranen bleven komen. 'Waarom heb je ons weggestuurd?'

'Dat heb ik nooit gedaan. Maar ik heb ook nooit mijn best gedaan jullie te houden.'

En terwijl hij naar de tafel bleef kijken, vertelde hij zijn verhaal. Dat hij na de dood van haar moeder kapot was van verdriet. Dat hij had geprobeerd voor hen te zorgen maar dat hij steeds depressiever werd en op een gegeven moment zelfs dagen in bed lag.

'Soms aten jullie alleen vruchten uit de tuin en vergat ik zelfs jullie naar school te brengen. De buurt hielp me weliswaar, maar iedereen werd steeds ongeruster,' zei hij en hij nam een slok. Zijn tranen leken opgedroogd, maar zijn ogen waren rood en hij zag er breekbaar uit. 'Aimee kwam in huis en nam de zorgtaken op zich. Maar toen ik weigerde te douchen en alleen nog maar in smerige kleren op de veranda zat, heeft ze om jullie voogdij gevraagd. Dat was een goede beslissing, denk ik.'

'Heeft zij dat echt geïnitieerd?' Ze was verrast over deze wending in het verhaal. Al die jaren had ze begrepen dat haar vader dat zelf had gevraagd.

Hij knikte. 'En ik heb dat niet aangevochten. Het leven was voor mij onmogelijk geworden. Het was goed dat jullie naar Nederland gingen. In Nice was te veel verdriet.'

Ze beet op haar duimnagel en probeerde het vertrek uit Frankrijk terug te halen. Het enige wat ze zich nog kon herinneren was dat ze tot in het vliegtuig naar hem had gezwaaid. Omdat ze dacht dat haar vader haar tot daar kon zien. 'Miste je ons niet?'

'Het was vreselijk en ik schaamde me ook zo erg. In het begin kwamen jullie gelukkig nog wel elke vakantie een paar dagen langs. En dat ging dan best goed. Maar toen Aimee hoorde dat we een keer met zijn drieën op het strand hadden geslapen, schortte ze de bezoekregeling tijdelijk op. Ik begreep dat jullie daarna zelf ook niet meer wilden komen.'

Nu beet ze zo hard dat ze een velletje te pakken had. De pijn sneed door haar duim. 'Ik weet het niet meer precies. Maar volgens mij vonden wij het in het begin juist heel jammer dat we niet meer mochten komen.'

Gilles glimlachte en even zag ze weer de kracht in

zijn heldere ogen terugkomen. 'Dat is precies wat Chris ook zei. En dat is fijn om te horen.'

Hoewel ze nog veel vragen had, was het ook prettig om zwijgend naast elkaar te zitten. En ineens kwamen herinneringen boven die al heel lang geen aandacht hadden gekregen. Ze hoorde Chris weer lachen als hij met hen boerenbridge speelde. En plotseling wist ze weer dat hij diegene was geweest die haar had leren fietsen. Op een zanderig pad tussen de olijfbomen in.

'Hé Jacky. Dat is toevallig,' klonk Alberts hese stem galmend over het terras. Hij kwam vanachter Gilles met grote passen op hen af lopen. 'En u moet haar vader zijn.'

Gilles stond op, keek haar vragend aan en toen hij zag dat ze Albert toelachte, draaide hij zich met uitgestoken hand naar hem om. 'Ja dat klopt, Gilles Duran.'

'Hè, maar u bent de eigenaar van Les Papillons. Het huis bij Biot. Ik heb u bij Chris op kantoor gezien.'

'Dat klopt ook,' zei Gilles. 'En dan ben jij waarschijnlijk Albert. Chris heeft veel over je verteld.'

En terwijl de twee mannen rustig verder praatten, schoten haar gedachten in de versnelling. Als dat hun eigen huis toch was geweest, waarom had niemand haar dit eerder verteld? Waarom waren sommige herinneringen zo vaag en anderen ineens zo kraakhelder? En waar kwam dat verhaal van het kleine appartement in de stad vandaan? Waarom wist ze het allemaal niet?

Ineens, uit het niets, begreep ze waarom ze gistermiddag in het huis die tuinkamer niet in wilde. Het was vanuit dat raam dat ze het had gezien. Vanuit die kamer had ze haar zien hangen. Op het terras, aan de hoogste plataan.

Jacky sprong op en ze had het gevoel dat haar keel werd afgeknepen.

'Sorry, maar ik herinner het me ineens weer. Ik moet nu naar de fabriek. Ik heb vanmiddag een afspraak en ik ben al te laat,' fluisterde ze bijna en zonder op hun reactie te wachten liep ze direct de rue Bonaparte in. Ze hoorde Albert haar naam nog roepen maar ze versnelde alleen maar. Ze moest aan het werk. Afleiding zoeken. Dat was het enige middel tegen emoties dat nu nog kon werken.

23

Jacky stapte de taxi uit en was gelijk blij dat ze was gegaan. Het grote lichtblauwe gebouw met de oude houten deur die haar moeder volgens Jules zelf had uitgezocht, voelde meteen vertrouwd. De lavendelstruiken die strak langs de muur waren geplant gaven een zware geur af en toen ze de grote hal binnenstapte rook ze direct de bekende zoete rozen van haar moeders eerste parfum. *Les Deux* had ze het genoemd, naar haar twee dochters en als eerbetoon had Aimee na haar dood besloten dat de Durandia-kantoren altijd naar dit parfum moesten ruiken.

'O wat fijn je te zien,' hoorde ze Jules zangerige stem en ze zag de directrice al uit de vergaderzaal komen. In de afgelopen acht jaar was ze behalve wat meer grijze haren weinig veranderd en haar ronde lichaam vouwde zich meteen om haar heen. 'De omstandigheden zijn natuurlijk niet fijn, maar het is zo goed dat je er bent. Kom, dan lopen we direct door naar achter. Ik wil je wat laten ruiken.'

Jacky was opgelucht dat Jules meteen tot zaken overging. Op een persoonlijk en meelevend gesprek zat ze nu sowieso niet te wachten. Ze liepen de grote laboratoriumruimte in en Jules zette haar achter een reeks flesjes. Zonder ergens over na te hoeven denken, keurde ze de verschillende geuren, adviseerde ze mensen die er aan het werk waren en overtuigde Jules dat een nieuw parfum beter wat langer op zich kon laten wachten dan onaf te presenteren aan de kritische influencers.

En precies zoals Aimee had gesuggereerd gebeurde het ook. Na een tijdje voelde ze zich al weer wat rustiger worden. Maar het kwam niet zoals haar tante voorspeld had omdat werk een goede afleiding was, maar omdat ze zich in de fabriek dichter bij haar moeder voelde dan waar ook. Hier was Colette begonnen met niets behalve een sterk ontwikkelde intuïtie. En al had Aimee het bedrijf uiteindelijk echt groot gemaakt, hier hing de creatieve geest van haar moeder. Zelfs de nog overal aanwezige bedrijfskleuren, blauw met grijs, had ze bedacht.

Toen na zessen de werknemers hun spullen begonnen te pakken, stelde Jules voor samen in de oude haven van Nice te gaan eten. 'Ik heb wel een zakelijke afspraak, maar ik weet zeker dat hij het alleen maar boeiend zou vinden om je eens te ontmoeten.'

'Dat is lief van je, maar het is beter als ik gewoon naar huis ga,' zei ze en ze pakte haar tas. 'Het zijn vermoeiende dagen geweest. Ik moet wat bijslapen.'

‘Natuurlijk, begrijpelijk. Ik word zo door hem opgehaald, misschien wil je dan wel meerijden naar de stad.’

‘Dat zou fijn zijn,’ zei ze en ze liepen samen het kantoor uit. En net nadat ze op de stoep het veranderde productieproces van de handcrèmes kort hadden besproken, kwam een donkerblauwe Maserati voorrijden.

Nog voordat ze kon vragen wie deze rijke zakenrelatie eigenlijk was, zwaaide de autodeur al open. Een kleine man stapte uit en kwam met een brede glimlach op hen aflopen. Het bloed schoot naar haar wangen.

‘Goedemiddag, zus van Christine.’

‘Dag Alexis,’ zei ze en haar tong plakte tegen haar gehemelte. ‘Wat brengt jou hier?’

‘Kennen jullie elkaar?’ vroeg Jules, die haar verbijsterd aankeek.

Volkov ging wijdbeens staan. ‘Nou, kénnen niet echt. Maar ik ben bevriend met Christine. Zij heeft mij ook gewezen op jullie investeringsbehoefte.’

‘Welke investeringsbehoefte?’ vroeg ze en ze wist zeker dat hij loog. Christine zou zich nooit zonder het met haar te overleggen met Durandia bemoeien. Echt nooit.

Gehaast legde Jules uit dat Volkov misschien wilde helpen met de aankoop van nieuwe rozenvelden bij Cabris in de buurt. Ze voelde duidelijk dat dit geen gemakkelijke ontmoeting was.

'Maar waarom eet je niet een hapje mee?' stelde de Rus voor, die het ongemak niet leek op te merken. 'Dan kunnen we het uitgebreid bespreken.'

Jacky schudde haar hoofd. 'Nee dank je. Ik moet nog wat dingen afronden. Ik neem later wel een taxi.'

Jules keek haar vragend aan, maar besefte dat ze niet verder moest aandringen. 'Oké, dan bellen we morgen nog even. Sterkte met alles hè.'

'Ja, veel beterschap voor je zus,' zei Volkov, die de deur voor Jules openhield. 'Ik heb haar gisteren nog een bos rozen gebracht.'

Jacky voelde dezelfde misselijkheid opkomen als gisteravond en ze moest slikken om verder te kunnen praten. 'Was die van jou? Heel mooi. Dank.'

'Niets dan het beste voor de Duran-zusjes,' zei Volkov en zijn glimlach werd nog breder. 'Ik verheug me nu al op onze volgende *toevallige* ontmoeting.'

Ik niet, wilde ze zeggen, maar in plaats daarvan gaf ze hem een hand. 'Ja, wie weet.'

Ze namen afscheid en pas toen de auto aan het eind van de straat de avenue Chiris in draaide, kon ze weer ademen. Meteen hield ze een taxi aan en vroeg de chauffeur zo snel mogelijk naar Nice te rijden. Ze wilde nog maar één ding. In bed liggen en heel lang slapen.

24

Het was donker buiten en het moest voorbij etenstijd zijn, maar ze had geen honger. Al zeker twee uur lag ze in bed en nog steeds had ze niets gedaan. Ook niet geslapen. Alle pogingen van Gilles, Jacob en Albert tot contact had ze genegeerd. Ze had alleen Albert in een app uitgelegd waarom ze vanmiddag zo plotseling was vertrokken.

De rust van even alleen zijn had haar wel goed gedaan. Ze had nooit begrepen dat zoveel mensen altijd maar eindeloos konden doorpraten. Zelf had ze af en toe een time-out nodig om haar eigen stem en gedachten weer te kunnen horen. Wel had ze in de taxi Moullard gebeld en hem kort uitgelegd over Volkovs interesse in haar bedrijf. Hij vond het net zo opmerkelijk als zij en zou het morgen verder gaan uitzoeken.

Ze keek op haar mobiel, zag dat het bijna halfnegen was en belde Aimee.

'Hé schat, hoe is het met je? En met Chris?' vroeg haar tante meteen toen ze opnam.

Jacky legde uit dat het er voor haar zus nu niet zo goed uitzag maar dat er nog steeds hoop was op verbetering. En ze zei dat het bezoek aan de fabriek inderdaad een goede afleiding was geweest en ze zich nu iets beter voelde. Ze vertelde maar niet over Volkovs investeringsplannen, want Aimee zou die zeker niet wenselijk vinden en direct die arme Jules ermee lastig vallen. Nee, het leek haar beter eerst zelf uit te zoeken wat deze Rus in zijn schild voerde voordat ze haar tante erbij betrok.

'Wacht, hier komt Cornelie nog even,' zei Aimee toen ze het gesprek wilde afronden.

'Mama, kan ik ook naar Nice komen?' vroeg haar dochter nog voordat ze haar had kunnen begroeten. 'We missen je zo.'

'Ik jullie ook schat. Maar tante Chris heeft me nog even nodig.'

Ze hoorde dat Cornelie begon te huilen. 'Maar oom Jacob is ook bij jou.'

'Ja en dat is fijn. Maar jij moet morgen weer naar school. En ik denk dat het hier nog ...'

'Laat maar. Ze is weggerend,' onderbrak Aimee haar. 'Ze vinden het moeilijk zonder jou.'

Ze slikte. 'Ik ook, maar het kan niet anders.'

'Dat begrijp ik. Als zussen moet je er altijd voor elkaar zijn. Is het fijn dat Jacob er is? Hij wilde je graag helpen.'

'Eigenlijk wel, ja. Maar red jij het nog wel?'

'Elice kookt nu voor ons. Dat scheelt een hoop.'

'Dat is lief van haar,' zei Jacky en ze speelde met het laken. 'Ik heb trouwens Gilles ontmoet.'

'Wat? Die lul? Waarom?'

Hoewel ze wist dat ze niets fout had gedaan, voelde ze zich toch schuldig. Alsof ze Aimees liefde en zorg verraadde als ze over haar vader sprak. 'Chris had het mij gevraagd. En ik vond het best fijn.'

'Fijn? Wat zeg je nou? Die rotzak heeft jullie verlaten. Die vent is niet te vertrouwen, dat weet je toch? Waarom denk je dat je moeder niet verder wilde leven? Gilles maakte haar diepongelukkig; met andere vrouwen en zijn gokverslaving.'

Haar buik trok samen. Hoewel ze dit al vaker had gehoord, deed het opnieuw pijn. Maar dan anders. Want eigenlijk wilde ze niet meer geloven dat haar vader zo slecht was geweest. Ze vond hem gewoon aardig. En dat was voor de verandering een fijn gevoel.

'Wist je dat hij zo'n mooi huis bij Biot heeft?'

'Les Papillons is niet van hem. Hij heeft het geërfd van zijn ouders,' zei Aimee afgemeten en Jacky hoorde haar door de telefoon zwaar ademen. 'Die vent heeft in zijn leven nooit zelf iets bereikt.'

Om te voorkomen dat ze nog meer nare dingen over haar vader te horen kreeg, veranderde ze van onderwerp. 'Wanneer heeft Duco eigenlijk zijn judowedstrijd?'

'Zondagmiddag,' zei Aimee eerst kortaf, maar daarna begon ze alle agendapunten van de kinderen systematisch door te nemen en Jacky hoorde aan haar stem dat ze rustiger werd. Net toen ze wilde vragen hoe het op het werk ging, hoorde ze de bel.

'Sorry Aimee, er is iemand aan de deur. Ik bel je later terug.'

Na afscheid te hebben genomen, stond ze op, keek door het spionnetje en zag Jacob met een fotoalbum in zijn hand staan. Ze herkende de feloranje voorkant van vroeger en hoewel ze eigenlijk alleen wilde zijn, deed ze toch de deur open. De verleiding van de oude foto's was te groot.

'Ha Jacob, kom binnen,' zei ze en gaf hem een kus op zijn wang. Ze was verrast dat ze hun eigen parfum rook. De witte muskus werkte goed op zijn huid. 'Hoe kom je aan dat album?'

Hij legde uit dat hij van Albert de sleutel van Chris' appartement had gekregen. 'Ze had mij al verteld dat ze een doos met mooie herinneringen van jullie vader had gekregen. Nu je hem weer ontmoet hebt leek het mij een goed moment om die...'

'Heb je al die tijd met Chris contact over mij gehouden?' onderbrak ze hem toen ze aan de eettafel gingen zitten.

Hij knikte. 'Je weet, Tom had ons beiden gevraagd op je te letten. We belden in het begin elke week en dat zijn we blijven doen. Als vrienden.'

'Goh, dat heeft ze nooit verteld,' zei ze en ze schoof

het boek naar het midden van de tafel, zodat ze het beiden goed konden zien.

'Misschien wel omdat ze wist dat je mij maar een rare kerel vond.'

Jacky schoot in de lach. 'Waarvan akte.'

Ze bladerden door het boek. De kleurenfoto's waren vergeeld maar ze herkende veel details. Zoals de felgekleurde sjaals die haar moeder om haar haar knoopte en de lichtblauwe Renault 4 op de achtergrond, die ze het koekblik noemden. De oranje hansopjes die ze als peuters aanhadden en die helemaal onder het stof zaten van het spelen. En hun rode fietsjes op de boulevard.

'Kijk, bij die strandtent van bamboe zaten we vaak,' zei ze toen een uitvergrote foto van een volle lunchtafel verscheen. 'Volgens mij kwamen daar ook mensen als Jerry Hall en Bianca Jagger.'

'Lekker bohemien. Een fijne tijd zo te zien,' zei Jacob en hij bestudeerde de foto aandachtig. Chris en zij lagen in het zand met schelpen te spelen. En haar ouders zaten dicht bij elkaar aan het hoofd van de tafel. Het viel haar op hoe rustig zijn ogen over het beeld gingen. 'Waren ze gelukkig?'

Ze zag dat haar vader vol bewondering naar haar moeder keek die op haar beurt straalde. 'Zo te zien wel, maar ik weet het niet zo goed. Of nee, het is eigenlijk anders. Mijn herinneringen zijn dubbel. Aan de ene kant herken ik het precies zo. Ze waren altijd blij samen. Maar de verhalen over overspel, gokverslavingen en slaande ruzies zijn er ook. Alleen heb ik dat als kind niet gemerkt.'

Jacob knikte en sloeg de laatste bladzijde om. Hij leek echt geïnteresseerd en bestudeerde de grote familiefoto waarop haar beide ouders als 'paarden' op handen en voeten liepen en Chris en zij erbovenop zaten. Gierend van de lach.

'O ik weet dit nog zo goed. We deden races om de fontein heen en Gilles liet mama altijd winnen. We wilden dus altijd op *haar* rug rijden,' zei ze en ze voelde de uitgelatenheid van toen. 'Wat heerlijk om dit weer te zien.'

'Chris zei precies hetzelfde,' zei Jacob en hij sloeg het album dicht. 'Jammer dat jullie het nu niet samen hebben kunnen bekijken. Dat wilde ze zo graag.'

Jacky stond op en zonder te vragen of Jacob er zin in had begon ze thee te zetten. Zwijgend pakte ze de bekers en de suikerpot.

'Soms is je directheid te confronterend,' zei ze toen ze alles op tafel zette. 'Maar je hebt gelijk. Het is heel jammer.'

Jacob keek haar aan en blies over zijn warme thee. 'Ik vond het heftig om haar zo stil te zien liggen. Haar energie helemaal uitgeblust.'

Ze knikte en zwijgend dronken ze hun thee. Er waren niet veel mensen waarbij stil zijn net zo goed voelde als praten.

‘Ik denk dat ik ga,’ zei Jacob na een tijdje en hij keek op zijn horloge. ‘Het is al na tienen. Ik heb hier vlakbij een goed hotelletje gevonden. Het lijkt me verstandig als je ook snel gaat slapen.’

‘Ik ben inderdaad kapot,’ zei ze en liep mee naar de deur. Ze gaf hem een knuffel. ‘Ik vind het fijn dat je er bent.’

‘Goed zo,’ zei hij en liep de gang op. ‘Ik ook. Slaap lekker en ik bel je morgen.’

Ze sloot de deur, draaide hem op het nachtslot en deed de lichten uit. Ze liep naar de badkamer, poetste haar tanden en toen ze terugliep hoorde ze haar mobiel op tafel trillen. Was Jacob nog iets vergeten?

Het Franse nummer herkende ze niet maar ze besloot het gesprek toch aan te nemen. ‘Hallo?’

‘Mevrouw Duran? Rechercheur Moullard hier. Sorry voor het late uur, maar we hadden afgesproken dat ik u zou bellen als we iets nieuws wisten.’

‘Dat klopt,’ zei ze en ze zakte op bed. ‘Het is goed dat u belt. Weet u al meer over Volkov?’

‘Nee, dat niet. Maar ik had net contact met het ziekenhuis en dokter Lambert vertelde mij de oorzaak voor de terugval van uw zus.’

‘Wat is er precies gebeurd?’

‘Het lab heeft ontdekt dat ze met insuline is ingespoten. Dat verklaart ook de diepte van haar coma.’

‘Echt? Wat betekent dit dan nu?’ vroeg ze zo neutraal mogelijk, maar haar keel kneep samen.

'Het kan een ongelukje zijn van het ziekenhuis, maar dat is volgens dokter Lambert zeer onwaarschijnlijk. En volgens ons ook. We houden nu toch echt rekening met opzet en gaan vanavond nog met het team de camerabeelden van de gang in het ziekenhuis terugkijken.'

Ze zuchtte harder dan ze wilde. Het klonk als een puf. 'Dat klinkt niet goed.'

'Dat weten we nog niet. Maar ik houd u op de hoogte. Zodra we meer weten bel ik meteen weer. Goedenacht mevrouw.'

'Goedenacht,' zei ze inmiddels tegen niemand meer. Moullard had al opgehangen.

Ze keek de donkere kamer rond en deed snel haar bedlampje aan. Vervolgens controleerde ze nog twee keer of de ramen dicht waren en sloot het nachtslot. In de badkamer duwde ze het kleine raampje dicht en daarna dook ze met het fotoalbum in bed. Ze wilde geen paniek meer voelen en concentreerde zich op de beelden van haar familie in het boek. Ze had zich bij hen veilig gevoeld en kon nu alleen maar hopen dat gevoel ooit weer terug te krijgen.

25

Ze maakte een appgroep aan voor de gebeurtenissen rond Chris en voegde Jacob, Albert, Aimee en Xavier toe. Even twijfelde ze of ze Gilles erbij zou zetten maar schatte in dat Aimee dat niet zou waarderen. Ze stuurde een bericht over de politiebevindingen en dat ze zo naar het ziekenhuis zou gaan. Het voelde goed dat ze op deze manier iedereen kon informeren zonder de hele tijd persoonlijk contact te hoeven maken.

Ze opende de gordijnen en de zon straalde alweer naar binnen. Ondanks de schrik van gisteravond had ze diep geslapen. Ze voelde zich lichter, waarschijnlijk toch door de ontmoeting met Gilles. Niet dat het nu ineens allemaal goed was, maar ze kon nu eerlijk aan zichzelf toegeven dat ze behoefte had aan contact met hem. Ondanks alles.

Nadat ze weer een jurkje van Chris had aangetrokken, sloot ze alles goed af en ging op haar slippers naar beneden. Vlak voordat ze de straat op liep, vloog de deur van Rosalie open.

'Hallo Jacqueline, voel je je wat beter?'

Ze knikte en legde uit dat ze zich nog veel zorgen maakte over haar zus, maar dat ze fysiek was opgeknapt. 'De hoofdpijn is in ieder geval verdwenen.'

'Gelukkig maar,' zei Rosalie en ze bleef wat onhandig zwijgend staan.

'Dank voor je lieve zorgen,' zei Jacky vriendelijk en hoopte hiermee het ongemak van haar onderbuurvrouw te verminderen.

Rosalie glimlachte opgelucht. 'Vanzelfsprekend.'

'Sorry, maar ik moet gaan. Zie je vanmiddag,' zei Jacky en ze wilde doorlopen, maar Rosalie pakte haar arm.

'Nog even. Ik hoorde in café Le Sejour dat Gilles Duran jouw vader is.'

Jacky knikte en wilde nog iets zeggen maar Rosalie ging enthousiast verder.

'Zo'n bijzondere man. Ik heb hem wel eens gesproken. Nou ja, iedereen kent hem hier natuurlijk. Hij heeft ontzettend veel voor de stad gedaan. Zijn stichting voor het behoud van ons cultureel erfgoed heeft Nice echt van de ondergang gered. Zoveel oude gebouwen zijn fantastisch gerestaureerd. Terecht dat hij vorig jaar die eremedaille kreeg. Maar goed, dat hoef ik jou niet uit te leggen.'

'Natuurlijk,' herhaalde ze en hoopte dat haar verbazing niet te veel zou opvallen. Ze had geen idee van haar vaders activiteiten. Laat staan dat ze wist dat hij zoveel voor Nice had betekend. Bizar dat ze zich nooit had afgevraagd wat hij nu voor werk deed. 'Je zult hem hier vast nog wel eens zien. Maar ik moet er nu echt vandoor.'

'Begrijp ik. Tot straks,' zei Rosalie en ze dook weer snel haar appartement in.

Jacky stapte de warmte in. Een volgeladen bus met forenzen schoot voorbij en het bleef wonderlijk dat het normale leven gewoon doorging. Chris probeerde haar bewustzijn terug te krijgen en tegelijkertijd gingen mensen bijna onbewust op weg naar hun werk.

Snel stak ze de straat over en zag ineens Xavier de hoek om komen, zijn armen al naar haar uitgestrekt.

'Ach lieve Jacky,' zei hij en gaf haar een knuffel. Zo te ruiken had hij zijn eerste glas wijn al achter de rug. 'Ik las je appje en ben meteen gekomen. Mijn assistent kon de wijnproeverij overnemen, want ik dacht, die bijna schoonzus van mij kan wel wat ondersteuning gebruiken bij haar ziekenhuisbezoek.'

Ze glimlachte hoewel ze de schoonzus-benoeming niet heel gepast vond. 'Alle hulp is welkom.'

'Ben je op weg naar de taxistandplaats?' vroeg hij en leidde haar langs een verkeerd geparkeerde scooter.

Ze knikte. 'Om halftien kan ik dokter Lambert even spreken.'

'Afschuwelijk zeg, ingespoten met insuline,' zei hij en voerde het looptempo wat op. 'Ik schrok me dood. Weet jij wat dat betekent?'

Ze schudde haar hoofd. 'Niet echt. Ik heb het vanmorgen gegoogeld. Als je geen diabeet bent en toch insuline krijgt, kan dat tot heftige hypo's leiden. Met in het ergste geval coma tot gevolg.'

'Ik vind het zo vreselijk. Arme Chris. En arme jij,' zei hij en gaf een kneepje in haar arm. 'Maar ze komt erbovenop. Dat voel ik gewoon.'

Ze liepen nu achter elkaar over een smalle stoep en passeerden een bouwstellage. Hij leek nog kleiner geworden. Alsof Chris' coma te hard op hem drukte. Toen ze voorbij Galeries Lafayette waren, bleef hij ineens voor haar stilstaan. 'Ze moet beter worden. Ik kan niet zonder haar.'

'Ik weet het. Ik voel precies hetzelfde.'

'Wie doet nou zoiets?' vroeg hij zonder een antwoord te verwachten. Ze zag dat zijn onderlip begon te trillen. 'Wie wil mijn meisje nou iets aandoen?'

Ze streelde troostend zijn arm en voelde zich sterker dan hij. 'Dat gaan we uitvinden. En ik weet het ook zeker; ze wordt absoluut beter.'

'Ik hoop het met jou,' zuchtte hij diep.

Aan de andere kant van het plein zag ze de laatste taxi wegrijden. 'Verdorie, we hebben hem net gemist.'

Xavier draaide zich om en zag nu ook de lege standplaats. 'Ik zal Pierre bellen. Die wil ons vast rijden.'

'Ken je die vent ook al?'

'Natuurlijk,' zei hij en appte de taxichauffeur. 'Chris en ik maken veel gebruik van zijn diensten. Meestal rijdt hij ons rond in haar geliefde oldtimer.'

'Heeft ze die stokoude Alfa nog steeds?'

'Onafscheidelijk zijn ze,' zei hij en de gedachte maakte hem zichtbaar weer emotioneel. 'Hij staat bij mij in de garage.'

'Misschien kom ik hem deze week wel even halen.'

'Dat zou ze fijn vinden.'

Ze wachtten in de schaduw van het grote warenhuis en bespraken wat ze aan Lambert wilden vragen. En ineens pakte hij haar arm. 'Denk je dat Volkov de opdracht heeft gegeven? Dat hij daarom Lambert gevraagd heeft haar te verzorgen? Zodat hij hem kon inzetten wanneer het nodig was? Misschien heeft hij iets om Lambert mee onder druk te zetten?'

'Waarom zou Volkov dat willen? Wat heeft hij tegen haar?'

'Weet ik veel.' Xavier gooide wanhopig beide armen in de lucht. 'Misschien had ze bij een vastgoeddeal zijn witwaspraktijken ontdekt? Of werkte ze samen met de fiscus om hem te ontmaskeren?'

'Heeft ze daar ooit iets over gezegd?' vroeg ze en voegde eraan toe dat ze hem gisteren bij de parfumfabriek had ontmoet. 'Chris zou hem op investeringsmogelijkheden bij Durandia hebben gewezen.'

Hij schudde woest zijn hoofd. 'Dat is onmogelijk! Ze is veel te principieel om met mogelijk malafide investeerders in zee te gaan. Ze zou eerder zijn illegale acties aan het licht proberen te brengen. Dat weet jij ook.'

Dat was precies zoals ze het zelf ook had ingeschat. Haar zus vond dat iedereen zich aan de wet moest houden. Vals spel trok ze niet. Als kind kon ze ook al woedend worden als iemand zich niet aan de regels hield. En zakelijk was ze al helemaal strikt.

'Dat klopt absoluut, maar toch...' probeerde ze nog een keer, om ook zijn goede kant te belichten. Ze wilde voorkomen hem vals te beschuldigen. 'Volkov klonk ook oprecht bezorgd en leek echt op haar gesteld.'

Xavier wuifde naar Pierre die hard kwam aanrijden en hij hield de deur voor haar open.

'Als ik hem was en haar iets wilde aandoen, zou ik precies hetzelfde zeggen. Ik zou haar ook de hemel in prijzen,' zei hij terwijl ze instapten.

Toen ze wegreden belde ze meteen Moullard. Ze kreeg zijn antwoordapparaat en vroeg hem haar snel terug te bellen. Want al analyserend leek Volkov toch wel een mogelijke dader. Als er tenminste iemand geprobeerd had haar zus te doden. En terwijl ze langs de volle stranden raceten besefte ze dat ze voor het eerst echt de gedachte aan moord toeliet. Ondanks de zinderende warmte verspreidde een koude rilling zich over haar rug.

26

Jacob, Albert en Xavier waren deze week haar steun en toeverlaat geworden. Het drietal zorgde voor de koffie en smeerde Chris' droge lippen in met vaseline. Tussendoor maakten ze grappen met de verplegers en hielden haar in de gaten. Of ze wel lekker zat en of ze misschien wat wilde eten.

Zelf had ze direct Volkovs rozen weggegooid en de rest van de tijd Chris' handen vastgehouden in de hoop dat ze die toch wat warmer kon krijgen. Zonder enig resultaat.

Nu ondervroeg het drietal uitvoerig dokter Lambert. Hoewel hij eerst wat stug reageerde, leek hij toch oprecht met Chris' lot begaan. Hij benoemde hoeveel testen ze hadden gedaan om erachter te komen wat er was gebeurd. En dat ze direct de politie hadden geïnformeerd en volledige medewerking verleenden om te achterhalen wie de insulinespuiter geweest kon zijn.

Jacky probeerde oogcontact met Xavier te krijgen om haar twijfels over de rol van Lambert duidelijk te maken. Nu ze de man weer hoorde praten, leek het haar zeer onwaarschijnlijk dat deze toegewijde arts zijn patiënten bewust zieker zou maken. Maar Xavier was te druk in gesprek om haar pogingen op te merken.

Toen Lambert zich voor de derde keer verontschuldigde dat hij moest gaan opereren en opnieuw benadrukte dat hij hoopte dat de dader snel gevonden zou worden, namen ze afscheid en liepen ze met zijn allen naar buiten.

'Die vent heeft wat te verbergen,' zei Xavier nog voordat ze op het plein voor het ziekenhuis stonden.

'Waarom denk je dat toch?' vroeg Albert, die zijn vingers als een kam door zijn haar haalde. Hij zocht de schaduw van een grote plataan op. 'Die Lambert doet juist heel veel voor Chris.'

Jacob voegde zich bij hem en knikte. 'Dat ben ik met Albert eens. Hij lijkt me ook erg betrokken.'

Xavier stampte met zijn voet op de grond. 'Zien jullie dat dan niet? Het is allemaal een rookgordijn. Ik zweer het je, die man weet meer.'

'Misschien handelde Volkov in zijn eentje?' probeerde Jacky een middenweg in de discussie te vinden en ze beet gedachteloos op haar duimnagel.

'Wees toch niet zo naïef. Jullie hebben duidelijk geen idee,' zei Xavier en hij zakte moedeloos op een bankje. 'De onder- en bovenwereld zijn in Nice volkomen met elkaar verweven. Tientallen rechters, bankiers, artsen; allemaal zijn ze verbonden met de maffia.'

'Je bedoelt toch niet weer die de Corsicaanse criminelen hè?' vroeg Albert, die op zijn horloge keek. 'Jacob, ik denk trouwens dat Jacky en jij moeten gaan. Gilles verwacht jullie over een kwartier voor de lunch.'

'Natuurlijk niet die achterlijke Corsicanen. De Russen hebben het hier allang van hen overgenomen,' ging Xavier onverstoorbaar verder. Hij begon steeds harder te praten. 'Ze zitten overal in. Prostitutie, inbraken, drugs. De bazen hebben hier hun gouden paleizen aan de kust en sturen hun voetsoldaten de regio in. Ze kunnen al jaren ongestoord hun gang gaan. En nu hebben ze ook de bovenwereld in hun macht. Het is echt...'

'Ik begrijp je zorg,' onderbrak Jacob zijn betoog resoluut. 'Maar de politie kan dat denk ik het beste zelf uitzoeken.'

'Heb je ze dan al gesproken?' vroeg Xavier en hij keek haar ineens recht aan. Zijn mond werd een strakke streep.

In een reflex deinsde ze wat naar achter. 'Heel kort ja. Ze zijn ongelooflijk druk. Maar Moullard zou onze vermoedens meenemen in het onderzoek.'

Xavier klakte met zijn tong. 'Voor wat dat waard is.'

'Zeg Xavier, Gilles heeft ons bij het oude familiehuis uitgenodigd. We moeten nu echt vertrekken,' zei Jacob en hij wisselde een blik met Albert, die meteen bevestigde dat ze direct moesten gaan.

'Je hebt gelijk. Ik moet ook weer aan het werk,' zei

Xavier en hij kwam luid zuchtend overeind. 'Sorry dat ik me zo liet gaan. Ik vind het gewoon zo frustrerend wat er met Chris is gebeurd.'

Jacky gaf hem een kus op zijn wang. 'Wij allemaal. En we doen allemaal ons best om het op te lossen.'

'Dat weet ik ook,' mompelde Xavier en voorovergebogen slofte hij het plein over naar de tramhalte.

Ze reden in de open jeep van Albert de stad uit en Jacky merkte dat de geuren van de natuur het langzaam wonnen van de smog en de uitlaatgassen. Lavendel en jasmijn waaiden voorbij, met de zilte zeelucht als vaste basistoon. Door de felle zon kleurden de wijnranken diepgroen en toen ze de A8 afsloegen, verschenen ook de bekende gele *bastides* die als zonnebloemen verspreid over de heuvels lagen.

Eerst had ze het jammer gevonden dat Albert niet mee kon, maar nu vond ze de oprechte interesse van Jacob meer dan voldoende. Hij vroeg naar ervaringen uit haar jeugd en ze wees hem af en toe op iets opmerkelijks langs de weg, zoals het stalletje met meloenen dat er vroeger ook al stond. Ze beklaagde zich over de bebouwing waar dertig jaar geleden nog lege velden lagen.

Maar het merendeel van de route zwegen ze samen en luisterden ze naar de soulmuziek die Jacob had opgezet. Onwillekeurig zongen ze mee met Otis Redding, Chic, Stevie Wonder en Aretha Franklin. Toen

James Brown begon, schoot een tractor plotseling vlak voor hen de weg op. Ze greep naar het dashboard maar Jacob schakelde rustig terug en zonder iets te zeggen reed hij kalm achter de sukkelende tractor aan. Hij draaide alleen de muziek wat harder.

Ze wist zeker dat Tomas totaal anders op deze situatie had gereageerd. Zonder enige twijfel had haar man meteen luid getoeterd en de chauffeur met woeste armgebaren op zijn plaats gewezen. Ze realiseerde zich ineens dat de verschillen tussen de broers eigenlijk veel groter waren dan de overeenkomsten. Vreemd dat dat haar al die jaren niet zo was opgevallen. 'Dank nog trouwens, voor je interventie. Xaviers complottheorieën worden me soms wat te veel.'

'Dat vermoedde ik al, maar hij bedoelt het volgens mij goed,' zei Jacob en hij draaide op haar aanwijzing een steil zandpad op. Ze bestudeerde zijn profiel en het viel haar nu ook pas op hoe weinig rimpels hij eigenlijk had. Minder dan zijn jongere broer. Jacobs keuze voor een meer relaxte baan als bierbrouwer was duidelijk niet zo slecht geweest.

'Zeker, hij is erg betrokken.'

'Vind je hem eigenlijk bij je zus passen?'

Ze was verrast dat hij ook over deze vraag had nagedacht en bekende dat ze het eigenlijk niet wist. 'Misschien spreekt zijn Franse passie haar aan.'

Jacob schoot in de lach. 'Ja vast, en zijn kennis van wijn natuurlijk.'

Nu moest ze ook lachen en tussen alle ellende door voelde ze zich even ongekend vrij. Alsof ze opnieuw achttien was en voor het eerst alleen met vakantie, met de gedachte dat alle opties in het leven nog openlagen. Ze boog zich naar voren en draaide het volume van Bill Withers 'Lovely day' nog wat verder omhoog.

'Then I look at you and the world's alright with me,' zongen ze samen mee. *'Just one look at you and I know it's gonna be a lovely day.'*

Ondertussen reden ze weer langs het dennenbos en naderden de oude stenen muur. Nu sprong ze zelf uit de auto en moest kracht zetten om het ijzeren hek open te duwen.

'Wat is het hier schitterend,' zei Jacob toen ze weer instapte. 'Dat dit soort plekken nog bestaan.'

'Wacht maar tot je het uitzicht ziet.' Ze zakte weg in de stoel en nestelde zich in de vertrouwde geuren die op het terrein rondhingen. Nu rook ze ook een zweem van truffel. Eigenlijk net te vroeg voor de tijd van het jaar.

Ze wees hem een parkeerplek in de schaduw van een oude eik. En toen Jacob de motor had uitgedraaid en haar de sleutel gaf, kwam Gilles al aanlopen. Hij had een blauwe overal aan met een vaal T-shirt eronder en zag er precies zo uit als veel Zuid-Franse boeren. Zongebrand, ontspannen en helemaal op zijn gemak in de natuur. Een benijdenswaardige manier van leven.

'Wat fijn dat jullie er zijn,' zei hij en gaf Jacob een

hand. Voor haar bleef hij even staan en hij twijfelde zichtbaar, maar stak tot haar opluchting ook naar haar gewoon zijn hand uit.

Hoewel hij zijn leren pet niet droeg hing de geur die hij op zoveel plekken onbewust als een spoor voor haar had achtergelaten, nog onmiskenbaar om hem heen. En al had die lucht haar eerder een ongemakkelijk gevoel gegeven, nu voelde het opmerkelijk vertrouwd.

Pratend over het bijzondere landgoed liepen Jacob en Gilles voor haar uit. Met veel handgebaren legde haar vader uit dat het terrein al eeuwenlang in de familie was en dat zijn voorouders eerst alleen olijfolie produceerden.

'Pas daarna zijn de wijnbouw en bloementeelt erbij gekomen,' zei hij enthousiast en wees op de velden die zich richting de zee uitstrekten. 'En sinds kort hebben we vijgen. Voor de jam. Het is zonde dat ik het alleen niet meer kan onderhouden. Maar Chris heeft mij beloofd de juiste kopers te zoeken. Mensen met net zoveel liefde voor de omgeving.'

Jacky volgde op korte afstand en begreep haar vaders spijt om het allemaal los te moeten laten. Met meer onderzoekende ogen dan twee dagen geleden bestudeerde ze de tuin. Ze herkende de oude waterpomp links op het veld, de graanmolen boven op de heuvel en wist ineens ook weer dat achter de oude kippenren een schommel moest hangen. Ze liep die kant op, keek om het hoekje en zag inderdaad een scheef hangende houten plank die nog maar aan één kant aan de boom hing. Volledig overwoekerd door een overactieve wingerd. En ineens leek het alsof ze haar moeder weer hoorde lachen terwijl ze heel hard op de schommel heen en weer zwaaide. Haar lange gebloemde jurk sleepte over de grond.

'Ah, daar ben je,' klonk Gilles' zware stem.

Ze maakte een sprongetje van schrik. 'Sorry, ik was in gedachten.'

Hij stond tegen de kippenren geleund. 'Ze kwam hier graag. Je moeder hield van het vrije gevoel van het schommelen. Jullie duwden haar tot grote hoogte. Figuurlijk ook trouwens.'

En zo met hun voeten verstrengeld in de wingerd leek het alsof het veertig jaar terug in de tijd was. Zijn blik was zacht, naar binnen gekeerd met een flauwe glimlach rond zijn mond. En zonder het uit te spreken wist ze dat hij ook een film voor zijn ogen zag van zomerse dagen waar geen einde aan leek te komen.

'Ik zocht jullie al,' zei Jacob en hij deed voorzichtig een stap dichterbij, zich duidelijk bewust van het bijzondere moment. 'Het lijkt hier wel de geheime tuin.'

'Sprookjesachtig zeker,' zei Gilles en hij knikte naar haar.

Ze liepen samen terug naar het pad en passeerden het grote huis. Nu ze weer wist waar haar moeder was overleden, wilde ze niet naar het terras kijken en al helemaal niet naar de grote plataan erachter. Enigszins geforceerd draaide ze haar hoofd naar links en bekeek de wilde klimrozen. 'Mooi dat oudroze.'

'Die kleur was ook haar favoriet,' zei Gilles, die naast haar kwam staan. Hij fluisterde: 'Ik heb hetzelfde. Ik kan die boom ook niet meer zien.'

Verrast dat hij opnieuw hetzelfde dacht maar ook geïrriteerd dat hij deed alsof ze zo close waren, liep ze zonder te reageren door naar de oranjerie. Het gebouw met de vier grote ramen en de zwarte stalen kozijnen was bouwvalliger dan ze zich kon herinneren. Vooral door de lichte verzakking aan de linkerkant zag het er oud uit.

Onder de oude eik voor de oranjerie had Gilles een tafel voor drie gedekt. Een wit damasten tafelkleed, groene wijnglazen met luchtbelletjes die zo typisch voor Biot waren en porseleinen borden met rozen erop. De wijn, sla en het brood stonden al op tafel.

'Hé, dat is het servies van oma,' zei ze toen ze op het gammele stoeltje ging zitten. 'Daar aten we alleen op zondag van.'

Gilles schoot in de lach. 'Grappig dat je dat nog weet.'

'Leefde ze nog toen jullie klein waren?' vroeg Jacob, die ook aan tafel schoof.

En terwijl hij voor iedereen sla opschepte, vertelde Gilles over zijn ouders, die vlak na de geboorte van Chris tijdens een zeiltocht naar Corsica waren overleden. 'Ik wilde toen niet in het grote huis wonen. Te veel herinneringen. Daarom kwamen we hier alleen overdag en in de weekenden.'

'Was dát de reden dat we in het appartement bleven wonen?' vroeg Jacky verbaasd en schonk de rosé rond. Een zweem van aardbeien en frambozen drong meteen in haar neus.

'Ja en ons werk natuurlijk. Mama's parfumfabriekje stond in Grasse, maar ze had ook een winkel in Nice. En mijn architectenbureau lag aan de boulevard Gambetta, midden in het centrum.'

Ze scheurde een stuk stokbrood af. Wonderlijk hoe vanzelfsprekend Gilles hierover sprak, terwijl alles zo onbekend voor haar was. 'Waar lag ons appartement eigenlijk?'

'Weet je dat niet meer?' vroeg hij en keek haar onderzoekend aan. 'Jullie kwamen er de jaren daarna ook nog. In de oude stad, vlak bij Cours Saleya, daar ontbeten we altijd.'

Nu zag ze de beelden weer voor zich. De kamers met zwart-witte tegels, de hoge plafonds, het stapelbed waarin ze met Chris sliep en het plein waar ze voetbalden.

'O ja,' reageerde ze alleen. Ze wilde eigenlijk veel meer vragen, maar werd overvallen door onbekende herinneringen. Ineens zag ze weer haar moeder op een terras zitten, Gilles er vlak naast. En er schoot een beeld voorbij van lavendelvelden waarin haar moeder met boeren stond te praten. Het was alsof ze een fotoboek in handen had dat ze maar kort mocht bekijken.

Ze wilde de foto's wel langer bestuderen maar als ze dichterbij kwam, bleken ze alweer verdwenen.

Jacob merkte dat ze vast zat in haar gedachten en nam het gesprek over. 'Wat ik zo van de zusjes over vroeger heb gehoord, is dat jullie het als gezin die eerste jaren heel goed hadden.'

Jacky had dat nog nooit zo tegen Jacob gezegd maar Gilles vond het zichtbaar fijn om te horen. Zijn ogen straalden.

'Dat klopt. Vanaf het eerste moment dat ik Colette op een feest in Cannes zag staan en ze naar mij lachte, was ik gelukkig. Dat gevoel voor haar is nooit meer weggegaan.'

'Hoelang zijn jullie samen geweest?' vroeg Jacob.

Nu werden Gilles' ogen waterig en hij nam een grote slok rosé. 'Bijna tien jaar en we waren toen nog steeds verliefd. Ik vond het zo heerlijk om elke ochtend naast haar wakker te worden. Daarom heb ik haar daad ook nooit begrepen. Soms denk ik weleens dat ze het zelf ook nooit heeft gewild. Dat misschien iemand...'

'Gelul!' schreeuwde Jacky en ze schrok zelf van de diepe woede die naar boven kwam. 'Klootzak. Je hebt mama als vuil behandeld. Bent continu vreemdgegaan. Hebt al het geld vergokt. Ze was diepongelukkig. Natuurlijk wilde ze dood.'

'O Jacky,' zuchtte haar vader en hij probeerde haar hand te pakken. Maar ze trok hem terug, sprong op en rende weg. Weg van de tafel, weg van de geschokte blik van haar vader, weg van haar herinneringen.

Ze rende over het zandpad, struikelde over een losse steen, stond weer op en holde door naar de auto. Ze graaide in haar tas naar de sleutel toen haar mobiel afging. Het liefst wilde ze dat kloteding het bos ingooien, maar ze zag dat het Moullard was.

'Ja, wat?' schreeuwde ze hijgend.

'Mevrouw Duran? Bent u het?' vroeg de rechercheur aarzelend. 'Gaat het wel goed?'

'Prima, waarom belt u?' riep ze nog steeds een paar decibels te hard.

'Ik wil vragen of u naar het bureau kunt komen. Ik wil u iets op de camerabeelden laten zien.'

'Nu?'

'Ja, graag. Of in ieder geval zo snel mogelijk.'

Ze zag Jacob aan komen lopen en gelukkig liep Gilles niet met hem mee. 'Ik denk dat we er over twintig minuten kunnen zijn.'

'Uitstekend. We wachten hier op u,' zei Moullard en ze hoorde aan zijn stem dat hij nog iets wilde zeggen.

'Oké. Is er nog wat?'

Hij kuchte. 'U klinkt nogal gehaast. Rijdt u wel voorzichtig?'

'Vanzelfsprekend. Dag Moullard. Tot zo.'

27

Voor het politiebureau parkeerde ze de jeep achteruit in en tikte net tegen een boom aan.

'Verdomme,' riep ze uit en sloeg met twee handen op het stuur. 'Wat een klotezooi!'

'Gaat het?' vroeg Jacob en hij keek haar aan. Hij had de hele rit gelukkig niets gezegd. Ze wist dat ze te hard had gereden en een keer verkeerd had ingevoegd. Waarschijnlijk had hij haar willen laten uitrazen, maar ze voelde zich nog steeds opgefokt.

'Nee, natuurlijk niet,' zei Jacky en ze draaide de motor uit. 'Wat denk je zelf?'

'Misschien moet je niet van je emoties blijven wegrennen.'

Ze beet haar tanden op elkaar en keek strak naar buiten. Hoe durfde hij? Alsof hij zich kon voorstellen hoe het voelde als je vader je moeder de dood in had gejaagd.

'Luister eens echt naar je vader,' ging hij door. 'Hij heeft een ander verhaal te vertellen.'

Zonder hem aan te kijken, stapte ze uit en gooide de deur met een knal dicht. 'Misschien moet jij je er gewoon niet mee bemoeien.'

Jacob liet zich niet afschrikken door haar woede en liep rustig naar haar toe. 'Ik begrijp dat het allemaal heftig is. Maar je vader denkt serieus dat je moeders zelfmoord in scène is gezet.'

En daar op de stoep in de brandende zon wist ze niet meer hoe ze moest reageren. Ze overwoog Jacob een klap te geven, maar ze voelde ook haar hart versnellen en de tranen prikten in haar ogen. Het kon toch niet waar zijn dat haar vader gelijk had? Hij had volgens Aimee over zoveel dingen gelogen, waarom zou hij dan nu ineens wel de waarheid spreken?

'Ik weet het ook allemaal niet meer,' zei ze uiteindelijk en liep zonder op Jacobs reactie te wachten het politiebureau binnen.

Moullard stond hen al bij de balie op te wachten en ging voor naar een bespreekkamer met drie computerschermen. Nadat ze koffie hadden gekregen en waren gaan zitten, begon Moullard uit te leggen dat er enkele dingen bij de analyse van de beelden waren opgevallen.

'Er hangt een camera aan het begin van de gang bij uw zusters kamer. We zien dat er een groot aantal mensen in en uit loopt. Verplegend personeel voornamelijk, die volgens dokter Lambert de gebruikelijke tijd in haar kamer verblijven.'

Ze hoorde de rechercheur het duidelijk uitleggen maar ze moest zichzelf toespreken goed te luisteren. De woede leidde af en zat weer vast in haar lichaam. Haar linkerbeen trilde en haar slipper tikte zachtjes op de grond.

'Heeft Lambert de camerabeelden ook bestudeerd?' stelde Jacob de vraag die zij eigenlijk had moeten stellen. Hij zat jaloersmakend kalm naast haar, licht onderuitgezakt met zijn handen rustend op tafel.

Moullard knikte. 'Lambert heeft geholpen het personeel te identificeren en hij heeft de tijdspanne vastgesteld waarbinnen de insuline waarschijnlijk is ingespoten.'

'Mooi werk,' complimenteerde Jacob de rechercheur.

'Dank, maar we hebben nog wel wat vragen. We hebben ook de bezoekers in die periode geïdentificeerd. En we zagen natuurlijk behalve u en haar vriend Xavier ook Volkov binnenkomen. Met een bos bloemen.'

'Is hij lang binnen geweest?' vroeg ze en drukte haar handen in haar schoot om haar trillende been te kalmeren.

'Ik zal het u laten zien.'

Ze zag de Rus met de onbehoorlijk grote bos rozen de gang in lopen, Chris' kamer ingaan en meteen weer naar buiten komen. Daarna verdween hij even uit beeld om vervolgens met een verpleegster en een grote vaas terug de kamer in te gaan.

'Hij is dus eigenlijk niet lang met mijn zus alleen geweest,' constateerde Jacky en ze merkte dat haar ademhaling rustiger werd.

'Klopt, hoewel dat niet zoveel zegt. Je hebt maar een minuut nodig,' zei Moullard, die het beeld doorspoelde. 'Maar deze man is wel lang bij haar gebleven. Zeker twintig minuten, zonder dat iemand anders bij haar in de kamer was. Voor ons is hij nog onbekend. Misschien dat u hem herkent?'

Een licht voorovergebogen man bewoog langzaam door de gang en ze zag meteen wie Moullard bedoelde. Ze ging wat rechterop zitten. 'Dat is mijn vader. Gilles Duran.'

'Uw vader?' Moullard keek haar aan. 'Ik wist niet dat hij ook in de buurt was.'

Ze legde uit dat hij hier altijd was blijven wonen en dat ze hem sinds de dood van hun moeder weinig meer hadden gezien. Maar dat recent het contact tussen haar zus en vader was verbeterd. En dat ze elkaar voor het ongeluk regelmatig zagen.

'Duidelijk. En u? Is uw contact ook hersteld?' vroeg Moullard.

Het was een vraag die ze had kunnen verwachten, maar waar ze toch geen antwoord op had. Want ja, ze zag hem nu wat vaker maar nee, er waren nog te veel open wonden om het als hersteld contact te kunnen benoemen.

'We spreken elkaar weer,' zei ze uiteindelijk en staarde naar het stilstaande beeld van haar vader in een lege gang. 'Hij bleek diegene die mij volgde. Om me te beschermen. Hij checkte mijn studio en waakte zelfs over mijn tas op het strand, zonder dat ik het door had. Hij dacht namelijk ook dat Chris' val geen ongeluk was.'

'Was hij dat?' vroeg Moullard en een diepe rimpel verscheen tussen zijn wenkbrauwen. 'Waarom benaderde hij u niet gewoon?'

Ze veegde denkbeeldige kruimels van tafel. 'Ik besef dat dit wat vreemd klinkt, maar hij wilde mij niet storen. We hadden elkaar lang niet gesproken.'

'Maar als hij bang was dat u ook iets zou overkomen, waarom belde hij dan niet met ons?'

Ze haalde haar schouders op. 'Het is complex.'

Moullard stak zijn handen in zijn zakken en ijsbeerde door de kamer. 'Dat zal vast, maar ik vind het curieus. En dan is hij ook nog zo lang met uw zus alleen. Ik begreep dat uw moeder is overleden. Spelen er misschien erfeniskwesties?'

'Nee, absoluut niet,' zei ze en haar buik kneep samen. Dit gesprek dreigde een verkeerde kant op te gaan. Ze kreeg een onbekende behoefte haar vader te verdedigen. 'Hij maakte zich oprecht zorgen.'

Moullard stopte met ijsberen. 'Misschien. Uw moeder is toch jong overleden?'

Ze knikte. 'Ik was vier.'

'Zelfmoord toch?'

Ze knikte opnieuw en haar been begon weer te trillen.

'Waren de omstandigheden net zo raadselachtig als bij uw zus?'

Ze schoof haar stoel naar achter. 'Wat suggereert u?'

'Niets. Maar in beide gevallen was uw vader dichtbij.'

Jacky wilde opstaan en de kamer uit lopen maar Jacob gebaarde haar te blijven zitten.

'Ik denk dat het hier om een misverstand gaat,' klonk zijn rustige stem en hij wreef geruststellend over haar rug. 'Meneer Duran houdt van zijn dochters. Daar kan ik van getuigen. En hij was gek op zijn vrouw. Hij vertelde mij vandaag bij de lunch dat hij ook vermoedt dat het geen suïcide was, maar mogelijk moord.'

Het woord kwam als een kogel bij haar binnen, want als haar vader wel gelijk had, wie zou haar moeder dan iets hebben willen aandoen? Ze slikte en kon haar trillende been niet meer onder controle houden. Haar slippers klepperden op de grond.

En hoewel Jacob het natuurlijk als ontlastend had bedoeld, vatte Moullard het totaal anders op.

'Waarom zei hij u dat nu?' vroeg hij en begon weer te ijsberen. 'Om zichzelf vrij te pleiten? Om rookgordijnen op te trekken? Om de aandacht van de coma af te leiden?'

Haar hart klopte in haar keel en haar benen trilden ongecontroleerd. Met moeite kon ze de neiging om weg te rennen onderdrukken en ze legde haar tas op tafel. 'Deze had ik u al eerder willen geven.'

Ze schoof Chris' mobiel over tafel naar Moullard.

Haar keel voelde ongekend droog en ze moest twee keer slikken voordat ze verder kon praten. 'Dit is de telefoon van mijn zus. De code is 040246. Hier kunt u lezen hoe goed de band met mijn vader is. En misschien de echte verdachten in beeld krijgen.'

Moullard bleef nors kijken maar pakte wel Chris' mobiel op. 'Deze had u eerder moeten geven.'

'Misschien, maar u was het ook vergeten te vragen.'

Nu keek Moullard haar geïrriteerd aan. 'U had ook eerder moeten vertellen dat het uw vader was die u achtervolgde.'

'Daar hebt u wel gelijk in. Maar door alles wat er gebeurde, ben ik het oprecht vergeten,' zei ze en ze merkte dat haar ademhaling kalmer werd. Zelfs haar benen werden rustiger. Misschien kwam het omdat ze haar instinct om hard weg te rennen had onderdrukt. Of misschien wel omdat ze tot haar eigen verrassing haar vader verdedigde. 'Ik begrijp dat ons familieverhaal verwarrend overkomt. En het is goed dat u alles wat u hoort wantrouwt. Maar ik kan mij niet voorstellen dat mijn vader hier iets mee te maken heeft.'

'Dat gaan we dan vanzelf wel merken. Maar ik vind het een vreemd verhaal,' mompelde Moullard en hij hield de telefoon in de lucht. 'We zullen deze doorlichten en verdergaan met ons onderzoek. U blijft voorlopig in Nice?'

Ze knikte. Moullard vertelde zijn team te gaan versterken. 'Er speelt te veel. Daar hebben we meer mensen voor nodig. Dat zal het onderzoek versnellen.'

Ze bedankte hem voor zijn inzet en tegelijkertijd stonden ze alle drie op. Bij de deur namen ze afscheid en zwijgend liep ze naast Jacob de lange, koele hal door naar buiten. Op de stoep bleef hij even staan. 'Goed dat je bent blijven zitten.'

'Met grote moeite,' bekende ze. 'Maar ik wilde niet dat je gelijk had. Van dat altijd wegrennen.'

Jacob schoot in de lach. 'Als dat een motivatie is voor verandering, ook prima.'

Ze liepen terug naar de jeep en ineens wist ze waar ze zin in had. 'Wil je nog iets voor mij doen?'

Hij knikte. 'Tuurlijk. Daarvoor ben ik hier.'

'Mooi, stap in. Ik rij.'

28

Voor de haarspeldbocht schakelde ze terug en reed vlak langs de rand de hoek om. Nu hadden ze een recht stuk voor zich en ze gaf vol gas. De Alfa ronkte, haar haren waaiden voor haar gezicht en de ondergaande zon kleurde de auto nog dieper rood.

Precies dit had Chris ook heerlijk gevonden. Dit gevoel van vrijheid, die eindeloze vergezichten en de spanning van het racen op de smalle kustweg tussen Menton en Nice. Nu begreep ze ook weer waarom deze Grande Corniche als decor had gediend voor tientallen films.

Gelukkig was Xavier thuis geweest, hadden ze Alberts auto veilig achter kunnen laten en meteen Chris' Alfa mee kunnen nemen. De eerste kilometers waren ongemakkelijk. Het half opgegeten rolletje King, de draden van verschillende opladers, een lekkende pen en verfrommelde papiertjes. Allemaal zulke persoonlijke spullen van Chris dat het voelde alsof ze te dichtbij kwam en niet had kunnen vragen of dat wel oké was.

Maar toen ze zich dieper in het leren kuipstoeltje settelde, Chris' zware parfum rook en de zender Nostalgie Chansons Françaises aanzette, wist ze dat ze het goede deed. Chris had het heerlijk gevonden als ze haar zo had zien rijden.

De bergroute maakte weer een scherpe bocht en ze moest remmen om hem ruim genoeg te kunnen nemen. Een tegenliggend busje nam ook net op tijd gas terug.

'En voel je je al een beetje Famke?' vroeg Jacob, die '*Je suis venu te dire*' van Serge Gainsbourg nog harder zette.

Ze lachte. 'Het enige wat ontbreekt is een rood sjaaltje.'

'En rode handschoenen.'

De vanzelfsprekendheid waarmee ze continu elkaars gedachten aanvulden, was bijna verontrustend. Wie anders wist nou ook dat Famke Janssen precies zo gekleed in *Golden Eye* over de Corniche racete met Bond naast haar?

Het ravijn rechts naast de auto ging ineens loodrecht naar beneden en ze moest bijsturen, maar de spanning van de hoogte werd beloond met een verpletterend uitzicht op Nice, de Baie des Anges en Cap d'Antibes.

'Als je dit zo ziet dan begrijp je weer waarom het de Côte d'Azur heet. Dat azuurblauwe zeewater is onbeschrijfelijk mooi,' zei Jacob, die volkomen ontspannen naast haar zat. Zo radicaal anders dan Tomas, die elke stuurbeweging van haar altijd nauwlettend had gevolgd en eigenlijk het liefst zelf achter het stuur zat.

'Heb je zin om een hapje te eten?' vroeg ze en verrassend genoeg voelde ze haar wangen rood worden. Ze bleef zich strak op de weg richten. 'Ik weet een leuk tentje. Als het tenminste nog bestaat. Daar nam Gilles ons vaak mee naar toe.'

'Dat lijkt me een uitstekend plan.'

Ze reden wat rustiger door naar La Turbie. Het stadje lag op het hoogste punt van de Corniche en was al in de tijd van de Romeinen een uitkijkpunt. Vlak bij Trophée d'Auguste stopte ze even. Het half afgebrokkelde monument met hoge zuilen was nog net zo indrukwekkend als in haar herinnering.

'Gilles vond dat we de lokale geschiedenis moesten kennen. En ik begreep van Rosalie dat hij zich er nu nog steeds voor inzet. Hij is volgens mij echt begaan met het gebied.'

'Het is een bijzondere man,' zei Jacob en toen hij ging verzitten raakte hij per ongeluk haar vingers aan.

Het leek alsof ze een schok kreeg en ze trok meteen haar hand terug. Snel startte ze de motor en draaide de laatste bocht in richting het oude stadje.

'Hier is prinses Kelly van Monaco uit de bocht gevlogen,' zei ze, meer om zichzelf af te leiden dan dat het nuttige informatie was.

'Ja tragisch. En niet eens omdat ze te hard reed, maar ik geloof vanwege een hersenbloeding.'

En al doorpratend over het dorp alsof ze er gisteren nog waren geweest, parkeerde ze de auto en liepen ze door de smalle straatjes naar het centrum. Ze moest zich even oriënteren maar toen ze het kerkje zag, wist ze dat Le Coin du Fromager vlakbij was. En inderdaad: in een hoek van een pleintje herkende ze het kleine café.

Ze namen plaats op een van de gammele ijzeren stoeltjes op het terras en bestelden een *plateau dégustation* met lokale huiswijn. Binnen vijf minuten werd een plank met verschillende worstjes en kazen op tafel gezet. De jonge serveerster deed de twee kaarsen aan. Het warme licht vormde een soort krans om het eten heen.

Jacky sloot haar ogen om de verschillende geuren een kans te geven. De gerookte kaas overheerste, maar ook bloemen, truffel en gras kon ze ruiken. En de verse vijgen in de jam.

'Het is een bijzonder talent,' zei Jacob toen ze haar ogen opende.

Ze voelde zich op een rare manier betrapt, alsof hij zelfs doorhad wat ze rook. 'Mijn reukzin bedoel je? Het is gewoon een doorontwikkeld zintuig. Niet bijzonderder dan iemand die kan zingen of goed kan fotograferen. Of het juiste bier kan brouwen.'

'Misschien,' zei hij en hij sneed een zacht stukje geitenkaas voor haar af. 'Maar is het niet zo dat juist datgene dat we het beste kunnen, we het meest normaal vinden. En geen prestatie?'

'Misschien,' zei ze op haar beurt.

'En het is duidelijk erfelijk. Ik wist niet dat je moeder ook parfums maakte.'

'Zij is begonnen. Ik heb haar antieken kist met kleine flesjes voor bloemenextracten. Onpraktisch maar prachtig.'

'Ze zal wel dichtbij voelen als je daar mee werkt.'

Haar ogen prikten en ze speelde met haar wijnglas om hem niet aan te hoeven kijken. Het was alsof zijn blik haar gedachten kon lezen. Ze wist dat als ze iets zou zeggen, ze zou gaan huilen en nam snel een slok.

'Ze zal trots op je zijn,' ging hij verder. 'Net als je vader trouwens.'

Ze wilde roepen dat hij moest ophouden en hem uitleggen dat praten over haar ouders zo pijnlijk was. Dat ze dat eigenlijk nog nooit had gedaan. Maar in plaats van de confrontatie koos ze toch weer voor een afleidingsmanoeuvre.

'Denk je dat Volkov het heeft gedaan?' vroeg ze en nu keek ze Jacob wel aan. Hij kneep zijn ogen licht samen en ze zag dat hij teleurgesteld was dat ze er niet verder over wilde praten.

'Nee,' zei hij zuchtend. 'In ieder geval niet zelf.'

Haar mobiel ging, maar ze negeerde de ringtone. 'Wel in opdracht?'

'Dat kan, hoewel ik zijn motief dan niet duidelijk vind.'

Opnieuw ging haar telefoon. 'Het is Albert. Ik neem hem toch even.'

Jacob knikte haar toe. 'Natuurlijk, geen probleem.'

'Jacky, schat, blij dat je opneemt.'

'Ik ben in La Turbie. We eten even een hapje, je weet wel, in...'

'Luister,' onderbrak Albert haar. 'Rosalie heeft mij gebeld. Ze had je nummer niet. Maar er is bij je ingebroken.'

'Wat?'

'Ja, ze hadden de deur opengelaten. Rosalie zag meteen dat ze alles overhoop hebben gehaald. Ze heeft direct de politie gebeld.'

'En nu?'

'Sorry voor jullie dinertje, maar je moet meteen komen. De politie wil weten of je iets mist.'

'Oké, we eten snel nog een paar happen en rijden dan direct naar beneden.' Ze doopte een stuk stokbrood in het bakje met olijfolie. 'Weet jij of Moullard al op de hoogte is?'

'Geen idee. Rijden jullie voorzichtig?'

'Nee,' zei ze en nog voordat ze had kunnen vragen waar hij zelf was, had Albert al opgehangen.

'Waarom moeten we terug?' vroeg Jacob terwijl hij een droge worst in stukken sneed.

Ze legde uit wat er was gebeurd en ondertussen wenkte ze de serveerster voor de rekening. En nog voordat ze had betaald, hadden ze samen al in een razend tempo de plank leeggegeten.

'Zal ik rijden?' vroeg Jacob terwijl hij zijn glas leegdronk. 'Dan kun jij die Moullard proberen te bereiken.'

Ze knikte en zwijgend liepen ze snel terug naar de auto. Natuurlijk begreep ze waarom ze nu in haar studio moest zijn, maar het etentje afbreken voelde ook als een gemiste kans. Eigenlijk had ze toch de sterke behoefte om over haar ouders te praten en misschien was het vanavond na een paar wijntjes voor het eerst gelukt.

'Dank je wel dat je er bent,' zei ze en ze zocht oogcontact voordat ze de auto instapten.

Jacobs ogen, die in het schermerlicht nog een tint donkerder leken, hielden haar blik vast. 'Ik zou op dit moment op geen andere plek willen zijn.'

29

Het was nu aardedonker en de weg was slecht verlicht. Toch voelde ze zich veilig naast Jacob, die stevig doorreed en de Alfa goed onder controle hield. De weg cirkelde sterk hellend naar beneden en ze daalden snel af richting het centrum.

Ze stuurde een berichtje naar de groepsapp dat er was ingebroken en dat ze er later meer over zou vertellen. Daarna probeerde ze Moullard te bereiken. Pas bij de tweede keer kreeg ze hem aan de telefoon. Hij bleek al in haar studio te zijn.

'Goed dat je komt, want ik weet niet wat er mist,' zei hij en hij klonk bezorgd. 'Het is wel duidelijk dat ze naar iets op zoek zijn gegaan. Kun je bedenken wat?'

Ze greep naar een handvat toen Jacob ineens een te scherpe bocht naar beneden de stad in nam. 'Geen idee. Ik had geen kostbaarheden bij me. Heeft iemand iets gezien?'

'Dat is nog niet bekend. Maar er lag wel een raar briefje op je bed. Het was getypt en...'

Ze begon te gillen. 'Kijk uit!'

'Wat zeg je?' vroeg Moullard, maar ze antwoordde niet.

De auto reed steeds sneller de steile hoofdweg af. 'Jezus Jacob, rem!'

'Dat doe ik! Het rempedaal pakt niet!'

'Fuck!' riep ze en hoorde Moullard doorpraten maar ze richtte zich nu op de weg. Huizen, geparkeerde auto's, wandelaars schoten voorbij. 'De handrem dan!'

'Geblokkeerd!'

Ineens klonk luid geratel. De versnellingsbak rammelde zich kapot.

'Ik probeer terug te schakelen,' schreeuwde Jacob over het lawaai heen. Maar de auto leek alleen maar harder te gaan. Het grote kruispunt met de rue Barla kwam in zicht.

Ze zette zich schrap. 'Doe de motor uit!'

'Nee, dan blokkeert het stuurslot. Komen we in een slip,' riep Jacob en hij zette de knipperlichten aan. 'Hou je vast, direct na het stoplicht is een middenberm. Ik draai hem erin.'

'Maar het is rood!' gilde ze nu en greep naar het dashboard.

Jacob sloeg op de claxon. Luid toeterend reden ze met een rotvaart op het kruispunt af. Auto's doken weg. Nog tweehonderd meter. Honderd. Vijftig. Ze kneep haar ogen dicht. Hoorde piepende banden. Een auto in een slip. Ze schoten de stoep op, voorbanden hingen in de lucht en met een boog vloog de auto door het hoge gras heen. Takken schuurden langs haar gezicht. Ze hield haar handen omhoog tegen de inslag. Maar ineens verloren ze snelheid en vlak voor een reclamebord stond de auto stil. Het verkeer zweeg en ze hoorde hun hijgende ademhaling.

'Dat was close,' zei Jacob en pakte haar arm. 'Gaat het? Ergens pijn?'

Ze schudde haar hoofd en voelde het bloed door haar slapen racen. 'Alleen stijve spieren, van de spanning. Jij?'

Met moeite opende hij zijn handen. Beurse plekken en bloederige sneetjes hadden zijn palmen tot een slagveld gemaakt. 'Te hard geknepen vrees ik.'

'Wat heftig,' zei ze en ze hoorde haar hoge adem piepen. Zachtjes wreef ze over zijn handen. 'Misschien moeten we daar even naar laten kijken. Wat gebeurde er nou?'

'Echt geen idee. Alles leek in orde, maar ineens trapte ik door het rempedaal heen.'

'Hoe kan dat?' vroeg ze en ze veegde het zweet van haar voorhoofd. 'Het is ook wel een oud ding natuurlijk.'

Ondertussen kwamen mensen rond hun auto staan en sommigen vroegen of ze konden helpen. Anderen wilden vooral weten wat er was gebeurd. Ze schopten tegen de banden aan alsof ze professionele automonteurs waren en keken schaamteloos in de auto of ze gewond waren.

Haar hartslag werd rustiger, ze haalde drie keer diep adem en keek achterom. Het zag ernaar uit dat ze geen spoor van vernieling hadden achtergelaten. Het kruispunt leek weer normaal te functioneren.

'U hebt geluk gehad,' mompelde een oudere man met een bierbuik die over de motorkap hing. 'Italianen hè, zelfs hun auto's zijn niet te vertrouwen.'

'Jacqueline?' hoorde ze haar naam ineens en merkte nu pas dat Moullard al die tijd nog aan de telefoon was geweest. Ze pakte haar mobiel tussen haar voeten vandaan.

'Ja, ik ben er nog,' zei ze en klopte de modder van haar schoot. 'Het was even behoorlijk schrikken. De antieke Alfa van mijn zus weigerde dienst.'

Haar ademhaling klonk rustiger en ze legde uit dat de remmen plotseling niet meer werkten. Maar dat door goed handelen van Jacob ernstige ongelukken waren voorkomen en dat ze gelukkig ongedeerd waren.

'Dat is vreemd. Hoezo weigerden de remmen ineens?'

'Ouderdom?' zei ze, maar tegelijkertijd besefte ze door zijn vraag dat het misschien ook wel opzet geweest kon zijn. De laatste dagen bleek bijna alles een dubbele betekenis te hebben.

'Waar zijn jullie?' vroeg hij zonder haar vraag te beantwoorden. 'Ik stuur meteen een team naar je toe. Dit vertrouw ik niet.'

Toen ze vertelde dat ze om de hoek stonden, vroeg

hij of Jacob bij de auto achter kon blijven en zijzelf richting de studio kon komen. Ze overlegde het met Jacob, vroeg Moullard ook om een arts voor zijn handen en zei dat ze er zelf direct aankwam.

'Dank je wel voor je koele reactie,' zei ze en gaf Jacob een knuffel. Ze rook een zweem van zweet. Toch ook angst waarschijnlijk. 'Waar komt die rust in je vandaan?'

Hij haalde zijn schouders op. 'Vertrouwen? Dat alles altijd wel weer goed komt.'

'Dat klinkt hoopvol,' zei ze terwijl ze wist dat het leven toch vaak anders uitpakte. Ze verzamelde haar spullen, liet Jacob druk in gesprek met omstanders achter en hoorde al sirenes aankomen.

Snel stak ze de drukke straat over. Haar benen voelden onstabiel maar ze besefte dat lopen de beste remedie was. Bij elke stap verdween meer spanning uit haar spieren en de alweer sierlijk verlichte winkelstraat bracht haar langzaam terug in de echte wereld.

Voor haar appartementengebouw stonden twee politiewagens schuin op de stoep geparkeerd, met hun zwaailichten nog aan. Ze waardeerde de toewijding van Moullard voor Chris' onderzoek enorm maar het hielp niet om zich veiliger te voelen. Niet dat hij dat kon veranderen. Er gebeurde simpelweg te veel en ze voelde zich steeds meer opgejaagd wild.

Twee agenten in witte pakken liepen langs haar door

de gang en voor de open deur van haar studio stond Moullard al te wachten.

'Niet schrikken,' zei hij voordat ze de kamer in kon kijken. Maar bij de eerste blik naar binnen voelde het toch alsof haar keel in een keer werd dichtgeknepen. Ze hapte naar adem. Alles lag overhoop. Haar kleren op de grond, keukenlade's opengetrokken, kasten omvergeduwd. En de lakens op haar bed waren met rode verf besmeurd. Alsof ze net op dat matras was vermoord. Een groot mes stond rechtop in haar kussen.

Ze hijgde en greep de deurpost. 'Wat... wie... wie doet dit?'

'Heftig is het ja. Typisch ook wel,' zei Moullard en hij wreef over zijn baard. 'Dit zien we eigenlijk alleen bij de maffia. Vooral Russen houden ervan elkaar te bedreigen. Uit voorzorg. En weinig subtiel zoals je ziet.'

'Dus toch Volkov,' constateerde ze en ze had het gevoel geen stap meer te kunnen verzetten. Haar knieën leken verstijfd. 'Ik mag zeker niet naar binnen?'

Hij schudde zijn hoofd. 'Hoewel het een zeer professionele actie lijkt, zoeken we toch naar sporen. Ik hoopte dat je misschien iets afwijkends zou zien. Iets wat is verdwenen? Of kapot is?'

Ze liet haar ogen door de kamer gaan maar zag niets opvallends. 'Ik heb hier weinig spullen. Ik ben heel snel uit Nederland vertrokken. Maar alles is er volgens mij nog, ik zie zelfs de plastic tas van *See. Buy. Fly*.'

'Is deze van u?' Een man in een wit pak hield met een plastic handschoen een blauwe jurk van Chris omhoog. Op de plek van haar borst was een groot hart uitgeknipt.

'Wat een idioten!' riep ze en ze voelde zich sterker worden. Bozer ook. Wat dachten die eikels wel niet? 'Die is van mijn zus. Wat willen ze hier nou mee bereiken?'

Moullard viste een plastic zakje met een briefje erin uit zijn broekzak. Hij streek het plastic glad zodat ze de Franse tekst kon lezen.

OOK JIJ KUNT ONGELUKKIG VALLEN stond in grote letters geprint.

'Deze lag tussen de rode verf op je bed,' zei Moullard en hij stopte het briefje weer in zijn zak. 'Het mag duidelijk zijn dat ze je bang willen maken.'

'Dat is inderdaad nu wel heel helder.'

'En dan ook nog dat gedoe met de remmen van de Alfa,' ging Moullard verder. 'Ik heb met mijn chef overlegd en totdat we meer antwoorden hebben, willen we je bewaken. Er komen zo twee vrouwelijke agenten die jou vierentwintig uur per dag in de gaten gaan houden. En in het ziekenhuis bij Christine ook twee.'

Ze wilde vragen of dat misschien niet een overdreven reactie was, maar ze zag aan de donkere blik van Moullard dat hij zich echt zorgen maakte. De diepe rimpel tussen zijn wenkbrauwen verdween niet meer van zijn gezicht.

‘Dank, dat maakt de angst beheersbaar,’ zei ze uiteindelijk en besefte tegelijkertijd dat ze eigenlijk niet zozeer bang was. Het was eerder woede wat ze voelde opkomen.

Ze keken samen naar de mannen in witte pakken die systematisch door haar kamer gingen. Een van hen was foto’s aan het maken en de ander sprak notities op een apparaatje in.

‘Trouwens, we hebben Christines mobiele telefoon doorzocht,’ zei Moullard terwijl hij naar zijn collega’s bleef kijken. ‘Het lijkt er inderdaad op dat je zus en je vader goed contact hadden.’

Ze keek naar hem en probeerde zijn blik te vangen, maar Moullard keek nog steeds strak voor zich uit.

‘Ik hoorde pas later wie je vader eigenlijk is,’ ging hij verder. ‘Ik heb hem weleens ontmoet. Een bijzondere man, die veel voor Nice heeft betekend.’

‘Dat is fijn om te horen.’

Nu draaide hij zich ineens wel naar haar toe. ‘Mijn excuses dat ik daaraan getwijfeld heb.’

‘Maakt niets uit, dat heb ik zelf ook weleens gedaan,’ zei ze lachend.

Hij glimlachte kort terug maar daarna betrok zijn gezicht onmiddellijk weer. ‘Maar ik hoop dat je begrijpt dat we hem toch moeten onderzoeken. Tot het tegendeel is bewezen.’

Ze wilde zeggen dat dat niet nodig was, maar misschien was het ook wel goed als zijn onschuld werd bevestigd. 'Dat zal dan een kort onderzoek worden.'

'We zullen zien. Kun je vanavond ergens anders slapen?'

'Ja, dat zal geen probleem zijn,' zei ze en ze wist direct waar ze ging logeren. 'Daar kan ik nu meteen naartoe.'

'Mooi, dan houden zij op straat de wacht,' zei Moullard en wenkte naar twee vrouwen in burger die de trap opkwamen.

Ze gaf de stevig gebouwde vrouwen een hand en wist instinctief dat ze veilig was. Deze twee ontging niets, hun ogen leken op die van jachtdieren. Al hun bewegingen waren strak georkestreerd en zelfs hun hoofd bewogen ze zeer gecontroleerd heen en weer.

Nadat ze afscheid had genomen van Moullard liep ze voor de twee agenten uit naar beneden. En ineens rook ze een zoetige tabaksgeur. Alsof iemand een geurlint vluchtig langs haar neus trok. Ze kon de merknaam niet thuisbrengen maar ze wist zeker dat ze hem eerder had geroken. Waar precies kon ze zich ook niet meer herinneren. Ze was te moe. Misschien morgen weer, als ze een nacht goed had geslapen.

30

Jacky lag op haar rug en volgde in de donkere hotelkamer de lichtstralen van auto's op het plafond. Een uur paar uur geleden had ze er geen seconde over nagedacht: logeren bij Jacob leek haar de meest logische oplossing. En inderdaad was het prettig om na te praten over alles wat er was gebeurd en samen nog eens het bizarre bijna-ongeluk door te spreken. Bovendien had ze ook meteen het verband rond zijn handen kunnen vervangen. Maar nu betwijfelde ze toch haar keuze.

De zware ademhaling van Jacob zoemde door haar hoofd. Ze was zich extreem bewust van zijn lichaam op de brede bank in dezelfde kamer. Het leek zelfs alsof ze zijn warmte kon voelen. Ondanks dat ze doodmoe was, had ze nog geen oog dicht gedaan. Jacobs energie was te nadrukkelijk aanwezig.

Heel zachtjes schoof ze uit bed en liep op haar tenen naar de badkamer. Snel deed ze een plas en voordat ze het licht uitdeed zag ze nog net haar slaaphoofd in de spiegel. Een woeste haarbos, uitgelopen mascara en grijze wallen. Als ze ooit nog een nieuwe relatie wilde beginnen moest ze hem niet in haar dromen tegenkomen.

Op weg terug naar haar bed stootte ze tegen een verdwaalde schoen die ze per ongeluk met een knal tegen de muur schoot. Jacob bewoog, kreunde, draaide zich om en sliep door. Nu scheen het maanlicht op zijn gezicht en ze zag hoe ontspannen hij erbij lag. En half in slaap en zonder er echt over na te denken kroop ze naast hem op de bank. Ze schurkte zich tegen zijn warme lichaam aan, volgde zijn rustige ademhaling en zakte langzaam in een diepe slaap.

'Hé slaapkop, goedemorgen,' zei Jacob en hij duwde in kamerjas een kar met ontbijt de kamer in. 'Volgens mij heb je heerlijk geslapen. Zeker nadat je mij van de bank had afgeduwd.'

'Eerlijk gezegd wel ja, echt heerlijk,' zei ze en ze durfde hem niet aan te kijken. 'Wel beetje raar hè, dat ik slaapdronken naast je ben gekropen.'

Hij rommelde wat met de bordjes en ze zag dat hij ook haar blik vermeed. 'Wil je misschien jus?'

Opgelucht dat hij haar actie van vannacht negeerde, ging ze rechterop zitten en streek haar T-shirt glad. 'Graag, maar weet je zeker dat het inschenken lukt?'

'Denk je dat ik zelfs daarvoor te onhandig ben?' vroeg hij en keek nu wel op. Zijn wenkbrauwen vormden een v en zijn mondhoeken krulden licht omhoog. Verdorie, wat was zijn spottende blik aantrekkelijk.

'Nee, nee, dat is het niet,' zei ze snel en ze hoorde de spanning in haar stem. 'Maar ik dacht, misschien lukt dat niet met je handen en ik kan natuurlijk...'

'Het waren vooral schaafwonden.' Hij liep naar haar toe en liet zijn palmen zien. Behalve de beurse plekken zagen ze er een stuk beter uit. 'Genezen, door jouw verzorging.'

Hij stond nu recht voor haar, zijn badjas hing halfopen. Ze zag zijn gespierde benen, lichtgebruind en niet te zwaar behaard. Langzaam boog hij zich naar haar toe en pakte met twee handen voorzichtig haar wangen. Ze rook de zalf die ze zelf had opgesmeerd.

Hij tilde haar gezicht naar hem toe en alsof de tijd spontaan vertraagde, kwamen zijn lippen steeds een klein stukje dichterbij. Ze kon niet wachten ze te voelen maar vlak voor haar mond stopte hij. De warmte van zijn adem streelde haar huid. Ze rook een zweem van zijn eerste slok koffie vermengd met tandpasta. En hoewel er duizend redenen waren om het niet te doen, legde ze haar hand in zijn nek en trok hem zacht naar haar toe.

Zijn lippen zweefden over haar mond. Een tinteling kroop door haar hele lichaam, bereikte zelfs haar tenen en prikkelde al haar zintuigen. Ze woelde door zijn haren en duwde haar lippen stevig op die van hem. Zijn handen gleden over haar borsten, zijn mond verdween in haar nek en ze drukte haar lichaam tegen hem aan. Zijn warmte vermengde zich met haar hitte en ze trok haar T-shirt over haar hoofd. Hij kreunde bij het zien van haar borsten en ze voelde dat ze onder zijn blik harder werden.

'Jacqueline?' klonk een zware stem vanaf de gang, gevolgd door een ferme klop op de deur. 'Jacqueline. Jacob. Kunnen jullie opendoen?'

'Shit, Moullard,' fluisterde ze en ze voelde nu pas hoe droog haar mond was.

Hij streelde haar wang. 'Komt goed, ik ga wel.'

En terwijl Jacob naar de deur liep, stond ze op en greep de andere kamerjas van een haak. Haar knieën voelden slap en ze moest even tegen de muur leunen om in de realiteit te landen.

'Goed dat jullie wakker zijn,' zei Moullard en hij stapte de kamer in. En of het viel hem niet op dat ze hem half ontkleed en met rode wangen ontvingen, of hij was zo Frans dat hij het had verwacht, maar hij deed alsof het de normaalste zaak van de wereld was. 'We hebben wat gevonden in je studio en ik wil dat je er even naar kijkt.'

De rechercheur liep door naar de bank, duwde de lakens opzij en ging zitten. 'Maar eerst graag een kop koffie.'

'Net vers gebracht,' reageerde Jacob zo overdreven normaal dat ze op haar onderlip moest bijten om niet te gaan giechelen. Deze hotelkamersetting was zo absurd en zou als filmscène behoorlijk over de top zijn geweest.

Tijdens het uitschenken van de koffie vertelde Moullard dat hun onderzoek in haar studio weinig had opgeleverd. Ze hadden geen enkel spoor kunnen vinden, wat betekende dat het zeer professioneel was uitgevoerd. En daarmee kwam opnieuw de Russische maffia, met als eerste verdachte Volkov, in beeld. 'We halen hem vandaag naar binnen. Voor wat vragen.'

'En de Alfa? Is daar al wat meer over bekend?' vroeg Jacob en hij vermeed zorgvuldig haar blik. De zoom van zijn kamerjas hield hij stevig vast, waarschijnlijk om te voorkomen dat die weer zou openvallen. 'Was er inderdaad met de remmen geknoeid?'

Moullard knikte. 'Een geboord gaatje in het reservoir van de remvloeistof. Die lekte langzaam leeg. Daar merk je in het begin niets van en dan ineens is het gebeurd.'

'Wie was het doelwit?' vroeg Jacob en ging op de rand van het bed zitten. 'Chris of Jacky?'

Ze keken elkaar zwijgend aan. Haar mond voelde nog droger. Aan de optie dat zijzelf het slachtoffer had moeten zijn, had ze nog niet eens gedacht.

'Ik zou zeggen mijn zus. Toch? Wat moet de maffia met mij?' vroeg ze, terwijl ze eigenlijk hoopte dat die vraag onbeantwoord in de kamer zou blijven hangen. Moullard stond op, liep naar het raam en deed het wijd open.

'Daarbeneden in een auto houden twee vrouwen je in de gaten omdat er bij je is ingebroken. Op de mobiel van je zus hebben we dreigberichten teruggevonden. Zonder enig doel ben je beroofd in een taxi. Voor je deur is een brand gesticht. Je zus is met insuline ingespoten. Wat denk je?' vroeg Moullard en hij keek haar recht aan. 'Dat de daders nog enig onderscheid maken tussen jullie twee?'

Natuurlijk had hij gelijk, maar ze wilde het niet horen en dronk zonder iets te zeggen haar koffie op. Gelukkig nam Jacob het woord. 'En wat betekent die constatering? Hoe groot is het gevaar? Zijn twee agenten dan wel genoeg bewaking?'

'Misschien niet. Maar dit is het. Meer mensen heb ik niet beschikbaar,' zei Moullard terwijl hij het raam weer sloot en naast Jacky op de bank kwam zitten. Uit zijn binnenzak haalde hij een doorzichtig tasje. 'Herken je deze?'

Ze knikte en voelde door het plastic heen aan de ring. De diamantjes waren dof geworden. 'Dit is de ring van mijn moeder die in het ziekenhuis ineens was verdwenen. Chris droeg hem elke dag. Ze deed hem echt nooit af.'

'Hij lag onder je kussen.'

Een rilling schoot over haar rug en ze trok de kamerjas dichter om haar heen. 'Waarom in godsnaam?'

'Machtsvertoon vermoed ik. Ze willen laten zien dat ze overal kunnen zijn. Aan Chris' bed en aan dat van jou. Pure bangmakerij,' zei Moullard en hij deed hem terug in zijn zak. 'Beloof je me dat je geen stap buiten de deur zet zonder de twee agenten?'

Ze knikte en bleef zitten toen Moullard opstond. Ze wist niet zeker of haar knieën haar wel konden houden. 'Beloofd.'

'Mooi, dan ga ik nu met de Rus aan de slag.' Hij gaf haar een kort knikje en liep samen met Jacob naar de gang. Ze hoorde dat ze nog wat met elkaar bespraken maar ze kon het net niet verstaan. Van het tafeltje pakte ze haar mobiel op en scrolde door de berichtjes. Meer als afleiding dan dat ze ze echt las. Vooral Aimee had vaak contact gezocht.

'Zo, ik heb hem nogmaals op het hart gedrukt goed op je te letten,' zei Jacob en hij kwam met een lichte tred en brede grijns de kamer weer in. 'Puur eigenbelang natuurlijk.'

'Dank,' zei ze zonder hem aan te kijken. 'Ik moet nu even Aimee bellen. De kinderen dag zeggen.'

'Jacky…?' Hij pakte haar hand.

Ze trok zich los. 'Sorry, maar wat net is gebeurd, is niet gebeurd, zeg maar. Ik kan het niet. Niet nu.'

Zijn rechterwenkbrauw trok omhoog. 'Ben jij de enige die dat bepaalt?'

'Nu wel ja,' zei ze en ze wilde toevoegen dat het volgende week hopelijk al anders was maar zijn donkere blik weerhield haar. Het was voor iedereen beter om volledige afstand te houden, besloot ze ter plekke.

Hij schudde afkeurend zijn hoofd en zonder nog iets te zeggen liep hij door naar de badkamer. Binnen tien seconden hoorde ze de douche lopen. Haar buik kneep samen. Ze was zo graag er bij hem onder gedoken. Eerst om sorry te zeggen en daarna om zijn hele lichaam aan te raken.

Eigenlijk had ze al een paar dagen niet meer aan Tom gedacht, zonder dat dat voelde als ontrouw. Jacobs aanwezigheid was zo vanzelfsprekend. Een gevoel van thuiskomen was nog zwak uitgedrukt. Maar het ging nu niet om haar gevoelens, hoe fijn het ook was om bij hem te zijn. Ze moest eerst te weten komen wat er allemaal speelde, vooral om Chris te kunnen redden.

Ze belde naar huis en binnen twee seconden nam haar tante op. 'O schat, wat goed dat je belt, ik was zo ongerust.'

Snel vertelde Jacky over de inbraak en verzekerde Aimee dat ze zich echt niet druk hoefde te maken, omdat ze allebei bewaking hadden gekregen.

'Bewaking? Dan maak ik mij juist zorgen. Voordat die arrogante Fransen dat voor Nederlanders regelen, moet er wel iets heel heftigs aan de hand zijn. Het klinkt echt niet goed. Waarom kom je niet gewoon naar huis? Je kinderen missen je zo erg.'

'Aimee, je weet dat ik dat niet kan doen. Chris heeft mij hier nodig. Zijn ze trouwens in de buurt? Ik wil ze graag even spreken.'

'Het is bijna tien uur. Die zijn allebei aan het sporten. Het is zaterdag. Ik ga zo kijken,' zei Aimee kortaf en Jacky hoorde de afkeuring in haar stem.

'Sorry, dat was ik helemaal vergeten. Het is echt onmogelijk om hier een goed besef van tijd te hebben. Er speelt zoveel.'

'Daarom dus, kom gewoon terug,' probeerde haar tante nog een keer. 'Ik mis je ook vreselijk en je hoort daar niet.'

Jacky zuchtte. 'Het duurt niet lang meer.'

'Dat weet je niet.'

'Dat is waar,' erkende ze en ze hoorde aan de tik op haar mobiel dat iemand haar probeerde te bereiken. 'Ik heb een ander telefoontje. Ik bel je later als de kids thuis zijn.'

Snel hing ze op en zag dat Albert belde. 'Hé daar, alles goed?'

'Nou schat, dat kan ik beter aan jou vragen. Een beetje kunnen slapen? Naast die hunk van je?'

Jacky schoot in de lach. 'Kun je nu ook al gedachten lezen? Ik ga zo naar het ziekenhuis. Ga je mee?'

'Ik ga ook straks naar Chris, maar ik denk dat je eerst ergens anders heen moet.'

Hij legde uit dat Rosalie hem had gebeld met de naam van een parfumeriewinkeltje in de stad. 'De eigenaar wil je graag spreken. Hij heeft je moeder goed gekend.'

'Moet dat nu?'

'Moeten niet natuurlijk, maar de parfumerie ligt op

weg naar het ziekenhuis. En het kan je helpen. Om alles beter te begrijpen. Ook je vader.'

'Hoe weet die vent van mijn bestaan?

Albert kuchte en ze hoorde dat hij aarzelde het haar te vertellen.

'Kom op, hoe kent hij mij?' drong ze aan.

'Internet. Er is een Facebookaccount genaamd *Nice d'Amour* waar inwoners nieuwsberichtjes plaatsen. Chris' ongeluk stond erop. En ook de plek van de inbraak. En een quote van Rosalie.'

Ze beet op haar duimnagel. Sociale media konden haar niet interesseren, ze had alleen een Instagramaccount om haar parfums te promoten, maar misschien was dit wel helemaal niet zo slecht. Als meer Niçoisers hierover hoorden, kwamen er wellicht echte tips binnen.

'Jacky?'

'Ja, oké. Ik ga er meteen even langs.'

Albert gaf haar het adres en ze spraken af elkaar straks in het ziekenhuis te treffen. Net toen ze ophing, ging de badkamerdeur open. Jacob was al aangekleed en zijn blik was neutraler dan net.

Ze stond op, verzamelde haar spullen en liep langs hem naar de badkamer. Ze rook de nieuwste geur van Elice, *Dark Delft* en voelde zijn warmte.

'Ga je zo meteen naar het ziekenhuis?' vroeg hij vlak voordat ze de deur sloot.

Ze schudde haar hoofd en concentreerde zich op zijn

haarlijn, zodat ze hem niet direct hoefde aan te kijken. 'Ik wil eerst langs een parfumeur die mijn moeder goed heeft gekend. Albert belde net met het adres. Ga je mee?'

'Nee, ik heb iets anders te doen. Ik wil eerst iets uitzoeken.'

Ze keken elkaar aan en bijna was ze naar hem toe gerend, maar hij draaide zich om en verzamelde zijn spullen. Ze sloot de badkamerdeur, draaide de douche aan en bleef voorovergebogen onder de straal staan. En zo goed als ze zich een uur geleden voelde, zo leeg was ze nu. Zelfs de warme stralen die haar lichaam streelden, boden geen troost.

31

Albert stond strak in pak op de stoep op haar te wachten en ze voelde zich meteen lichter worden. Het was een verstandig besluit geweest om hem mee te vragen.

'Zou het echt hier zijn?' vroeg Jacky toen ze de politieauto uitstapte. De twee agenten bleven stoïcijns voorin zitten.

Albert haalde zijn schouders op. 'Geen idee.'

De beschrijving van 'een klein winkeltje' was een understatement. De etalage was niet meer dan een raampje met een goudkleurig parfumflesje in het midden en de entree een glazen deur zonder naam.

Maar ineens verscheen er een mannetje achter het glas. Als iemand haar had verteld dat hij net een hoofdrol in een jarenzeventigfilm had gespeeld, had ze het direct geloofd. Hij droeg een glimmend oranje overhemd, ribbroek met wijde pijpen en een brede snor die zijn lachrimpels volledig bedekte.

De deur zwaaide open. 'Welkom, ik verwachtte jullie

al. Wat plezierig dat jullie konden komen. Er is zoveel te vertellen.'

Ze liepen door het winkeltje naar achter en op de drempel van het atelier deinsde ze terug. Het rook alsof hier net een reukbom was ontploft. Een mix van fresia's, bergamot, lavendel, jasmijn en diepe tonen van muskus, rozijnen en varens. Alles door elkaar.

'Ik zie je denken, hoe wordt hij hier wijs uit?' vroeg de parfumeur, die zich als Didier had voorgesteld. Hij wees de donkere ruimte rond. Overal glazenkasten vol met flesjes. 'Dat kon je moeder ook nooit begrijpen. Ze had een geurneutrale plek nodig om te kunnen creeren.'

En nog voordat ze hadden plaatsgenomen aan de ronde tafel, was ze al blij dat ze was gekomen. Hier voelde haar moeder heel dichtbij.

Didier zette zonder te informeren of ze het wel wilden koppen koffie op tafel en keek haar recht aan.

'Golvend blond haar, lichte, ronde wenkbrauwen en langer dan een Française,' somde hij op. 'Wat lijk je op je moeder.'

'Dank u wel. En wat fijn dat u wat over haar wilt vertellen. Ik weet niet zoveel over haar.'

'Dat kan ik me voorstellen. Ze was ook zo jong. Toen ik op de site over jullie las, kwamen alle herinneringen aan haar weer boven.'

'Waar kenden jullie eigenlijk elkaar van?' vroeg ze en de extreem sterke koffie prikte in haar mond.

Didier duwde zijn bril verder op zijn neus. 'Ik was een van haar eerste medewerkers en heb het vak echt van haar geleerd. Colette hamerde er altijd op om je intuïtie te vertrouwen.'

Jacky slikte en kneep in haar handen. Hoe was het mogelijk dat dat precies ook haar leidraad in haar werk was? 'Ik ben eigenlijk autodidact en heb helaas nooit iets van haar kunnen leren.'

'Dat is ook niet nodig,' zei Didier resoluut. 'Je hebt haar talent. En dat maakt je parfums heel authentiek. Ik volg ze met jaloezie. Het is niet meer dan terecht dat je continu prijzen wint.'

'Dat ben ik volledig met u eens,' zei Albert en hij legde kort zijn hand op haar schouders. 'En daar zou ze best eens trots op mogen zijn.'

Ze haalde haar schouders op. 'Ach, het gaat vanzelf.'

'*Incroyable.*' Didier schudde zijn hoofd. Zijn bril bewoog heen en weer. 'Ook al identiek in bescheidenheid.'

De man vertelde vervolgens uitgebreid over de gezelligheid van die tijd. Het was duidelijk dat hij er lang niet met iemand over had gepraat en nu eindelijk een gewillig oor had gevonden. Eindeloos praatte hij door over het bedrijf dat vroeger als een familie voelde. En dat iedereen altijd gefascineerd was over hoe bijzonder haar moeder te werk ging. Dat ze zo'n enorme precisie en geduld had en vooral een scherpe neus voor het afwijkende detail. 'En ze creëerde altijd in opperste concentratie haar parfums, maar wel met luide discomuziek op de achtergrond.'

'Herkenbaar,' zei ze lachend. 'Kool & The Gang zeker.'

'Precies.' Didier klopte van plezier op tafel en legde vervolgens uit hoe de kleine fabriek er in de beginjaren uit had gezien. Vol flesjes, koperen pannen en kunst van vrienden aan de muur. Jacky registreerde alle details, alsof ze haar harde schijf hiervoor speciaal had leeggemaakt en hem nu weer volledig vol kon laden.

'En toen kwam die speciale opdracht voor Dior,' zei Didier en zijn stem klonk zachter. Ineens straalden zijn ogen niet meer. 'Zo vreselijk dat ze die nooit heeft kunnen afmaken.'

'Opdracht voor Dior?' vroeg Jacky en ze schoof wat dichter naar hem toe.

'Wist je dat niet?'

Ze schudde haar hoofd. 'Nooit iets over gehoord.'

'Het was een gigantische eer. Je moeder mocht onder haar eigen naam een parfum voor het grote modehuis maken. Het was haar definitieve doorbraak. Maar ja, toen...' fluisterde Didier nu bijna en maakte zijn zin niet af.

Ze zwegen en Jacky zag de boom voor zich waaraan haar moeder had gehangen. Haar hoofd licht voorovergebogen, de blauwe jurk die bijna de grond raakte. Jacky wreef met beide handen over haar gezicht, alsof ze zo de beelden uit haar herinnering weg kon vegen.

‘Het was afschuwelijk,’ zei Didier en hij schudde weer woest zijn hoofd. ‘Ze was zo gelukkig. Met je vader, jullie, haar werk. Ik zag haar elke dag. Het is echt onmogelijk dat ze zelf…’ Opnieuw kon Didier zijn zin niet afmaken. Tranen vulden zijn ogen.

Jacky’s kaakspieren verstrakten en ze zag de verbaasde blik van Albert. ‘Denkt u dat ook al?’

Didier knikte. ‘Ze oogde totaal niet suïcidaal. Juist niet. Ze was de hele tijd zo opgewekt.’

‘U bent niet de eerste die mij dit vertelt,’ zei Jacky en ook haar stem brak bijna. Ze speelde met haar koffiekop. Het leek alsof haar hart nog harder tegen haar ribben klopte. ‘Maar als het zo niet is gegaan, wat is er dan wel met haar gebeurd?’

‘Die vraag heb ik al die jaren nooit kunnen beantwoorden. Sorry.’ Didier veegde een traan van zijn wang. ‘Maar vanaf het begin heb ik zelfmoord nooit geloofd.’

Albert aaide over haar rug. ‘Hebt u dat toen ook zo gezegd?’

‘Natuurlijk. Aan iedereen die het wilde horen. Aimee was het trouwens met mij eens.’

‘Aimee?’ vroeg Albert. ‘Hebt u die toen ook ontmoet?’

Didier keek hem verbaasd aan. ‘Vanzelfsprekend. Ze werkte die zomer in het bedrijf. Om Colette te helpen. Het was zo druk.’

Jacky beet op haar duimnagel en slikte haar tranen

weg. Waarom wist ze dit allemaal niet? Waarom had Aimee nooit over die twijfels verteld? Om haar te beschermen? En ze had altijd gedacht dat de parfumerie niet goed liep en dat er financiële problemen waren.

'En mijn vader? Had u ook met hem contact, hielp die ook mee?'

'Soms wel ja. Zo'n aardige man. Maar als architect had hij het zelf druk zat. Ze waren natuurlijk bovendien veel met jullie bezig en...'

Het belletje van de winkeldeur onderbrak hem. 'Sorry, een afnemer van mij. Twee kerels van een hotel, ze komen voor een geursessie.'

'Geen probleem, we moeten ook door,' zei Albert en hij stond meteen op.

Het liefst trok ze hem weer naar beneden en dwong ze Didier om verder te vertellen, maar ze moesten inderdaad naar het ziekenhuis. Ze had Chris al te lang niet gezien.

'Veel dank,' zei ze en gaf Didier een hand. 'Ik kom snel nog eens terug om verder te praten.'

De man pakte met twee handen die van haar. 'Graag. En misschien kun je mij dan ook wat over jouw werk vertellen. Ik ben echt een groot bewonderaar.'

'Wie weet,' zei ze en ze wilde doorlopen, maar Didier hield haar hand nog even vast.

'Aimee heeft onze vermoedens toen trouwens ook met de politie gedeeld. Maar die konden volgens haar geen aanwijzingen voor opzet vinden.'

Voordat ze kon vragen wat hij precies bedoelde, stapte Didier op zijn klanten af en leidde Albert haar naar de deur.

Maar vlak voordat ze naar buiten stapte, draaide ze zich om. 'Sorry Didier, nog een vraag. Hebt u ook met mijn vader gepraat over mijn moeders dood?'

Hij schudde zijn hoofd. 'Je vader was totaal gebroken. Hij sprak met niemand meer.'

Haar beenspieren verloren kracht en ze wiebelde. Snel pakte Albert haar elleboog en leidde haar als een oude vrouw voorzichtig de stoep op. Het zonlicht prikte in haar ogen en ze hoorde de politieauto al starten. Wezenloos staarde ze voor zich uit. Er speelde zoveel door haar hoofd. Hoe moest ze dit nou allemaal weer duiden?

'Gaat het?' vroeg Albert, die naast haar kwam staan. 'Wil je eerst een eindje lopen voordat we de auto instappen?'

Ze knikte, opgelucht dat hij doorhad waar ze behoefte aan had. Hij ging direct met de agenten praten. Een agente stapte uit en liep naar hen toe, de ander reed met de auto stapvoets vlak achter hen aan.

'Wat viel je in het gesprek met Didier het meeste op?' vroeg Albert al na een paar meter.

Zwijgend volgde ze de lijnen van de stoeptegels. Alles, was het enige juiste antwoord. Ze was overdonderd hoe weinig ze eigenlijk over haar ouders wist. Natuurlijk had Aimee haar wel eens over ze verteld, maar door de zelfdoding van haar moeder was het ook een pijnlijk onderwerp geweest. En ongetwijfeld om haar hiertegen te beschermen was haar tante er niet vaak over begonnen.

Nu pas voelde ze echt hoeveel ze van ze gemist had. 'Het viel mij vooral op dat hij vertelde dat mijn ouders het zo goed hadden. Met elkaar, met ons, maar dus ook met hun werk. Eerlijk gezegd wist ik niet dat de parfumerie toen ook al zo'n succes was.'

'Ja, dat was zeker opmerkelijk,' zei Albert, die even controleerde of de agent nog wel achter hen liep. 'En natuurlijk over je moeders dood.'

Opnieuw prikten de tranen in haar ogen en ze beet op haar kiezen om te voorkomen dat ze zou gaan huilen.

'Niet hier,' fluisterde ze. 'Geen gesprek hierover midden op straat.'

'Oké, begrijp ik. Wat mij trouwens ook verbaasde, was dat Aimee tijdens die bewuste zomer ook bij het bedrijf werkte,' ging Albert geroutineerd over op een ander onderwerp.

Jacky bleef staan en bestudeerde de fontein op place Masséna. Elke keer spoten de waterstralen in een ander ritme omhoog. Ze slikte. 'Waarom is dat zo vreemd? Jacob heeft bijvoorbeeld Tom destijds ook geholpen bij de verbouwing van de praktijk. Dat doet familie toch voor elkaar?'

De agenten waren ondertussen ook gestopt en de politiewagen werd meteen door een reeks auto's ingehaald.

'Ik ga nu iets zeggen wat je misschien niet weet,' zei Albert en hij keek haar onderzoekend aan. 'En misschien ook niet zo fijn vindt om te horen.'

'Dan kan ik beter maar even gaan zitten,' zei ze en zocht een bankje aan de rand van de fontein.

Albert schoof naast haar. 'Jacob vertelde me gister dat Tom niet zo enthousiast was over Aimee...'

'Klopt, die hadden best conflicterende karakters. Zeg maar, perfectionisme tegenover pragmatisme. Dat botste nogal.'

'Nou, er speelde volgens Jacob nog wel meer. Vlak voor zijn ongeluk schijnt Tom hem te hebben gebeld. Met een ontdekking over Aimee.'

'Echt? Wat dan?'

'Tom belde hem voor advies erover. Maar Jacob had het druk en ze hadden afgesproken het de volgende dag tijdens een lunch te bespreken.' Albert keek haar even aan. 'Maar Tomas heeft uiteindelijk nooit de kans gekregen te vertellen waar het om ging. Die avond reed hij het hert aan.'

Ze slikte. Het H-woord kwam nog steeds als een mes bij haar binnen. 'Hoezo heeft Jacob mij dit nooit zelf verteld?'

'Volgens mij vond hij dat het er na Toms dood niet meer toe deed. En je was al zo verloren. Hij wilde niet…'

'Verloren, ja. Maar niet gek!' zei ze en ze sprong op. 'Waarom behandelt iedereen mij toch als een zwak vogeltje?'

'Niet zwak, sterk juist,' zei hij opmerkelijk kalm. 'Iedereen vindt je juist heel sterk. Maar we zien ook hoeveel moeite je dat kost. Je worsteling met emoties. Je lichaam dat reageert met migraine, claustrofobie…'

'Alsjeblieft, hou op. De noodzakelijke verbinding tussen lichaam en geest. Dat cliché ken ik nu wel.'

'Is dat zo? Ben je je echt wel bewust van die koppeling? Het lijkt erop alsof je je lichaam alleen gebruikt voor opslag van je stress. Misschien moet je niet langer weglopen voor je gevoelens.'

'Doe normaal. Ik word echt gek van dat therapeutische geklets,' zei ze en ze liet moedeloos haar schouders hangen. 'En trouwens, dit heeft Jacob ook al gezegd.'

'Misschien hebben we dan wel een beetje gelijk?'

'Misschien ook wel niet? Hoe dan ook, ik heb er nu geen tijd voor.'

Albert haalde zijn handen door zijn haar. 'Er is nooit een goede tijd.'

'We hebben het er nog wel eens over. Laten we gaan,' zei ze ontwijkend en ze liep al terug naar de straat. Plotseling kwam een scooter recht op haar af.

'Kijk uit,' gilde de agente en ze trok haar met een ruk naar achter.

De scooter minderde vaart en een donkere helm keek haar strak aan. Haar hart klopte in haar keel en ze wilde gillen, maar haar stem werd gesmoord door een harde knal. Bijna in haar oor. En direct daarna nog een. Haar hoofd suisde. Het voelde alsof ze een fikse tik tegen haar benen kreeg. Pijn schoot door haar lichaam en ze viel meteen tegen de grond. De stenen schuurden over haar rug.

Jacky kon nog net zien hoe de agente haar pistool trok en schoot. Mensen schreeuwden, renden weg of doken plat op de stenen. De politieauto scheurde met gillende banden de scooter achterna. Piepende remmen. Schurend metaal. De geur van verbrand rubber. En toen voelde ze een koude hand op haar voorhoofd.

'Jacky, lieverd,' klonk Alberts gejaagde stem. Ze wilde wel antwoorden maar haar mond was te droog. Het leek alsof de wereld van elastiek werd. Alles rekte uit. Geluid, bewegingen en beelden. De tijd verdween. Ze voelde warm bloed over haar benen stromen en wilde schreeuwen van de pijn. Maar hoe wijd ze haar mond ook opende, er kwam geen enkel geluid uit.

32

Tussen de bomen door zag ze Duco rennen. Zijn krullen dansten in de avondzon. Hij sprong over gevallen takken en grote boomwortels. Af en toe keek hij om en lachte. Zonder aarzelen holde ze achter hem aan. Het bospad had kuilen en losse stenen, maar het leek alsof ze niet kon struikelen. Haar voeten voelden licht en ze ging ontzettend snel. Net toen ze bijna bij hem in de buurt was, sprong hij over een beekje en rende verder. Zelf stapte ze in het water maar haar voeten werden niet nat. Opeens weken de bomen uiteen en stonden ze op een open plek aan de rand van een meer.

'Mama, kom,' hoorde ze Duco roepen en hij dook het water in. 'Kom snel!'

Hij zwom met kleren aan naar een vlot waarop Cornelie stond te wenken. 'Ja, mama. Kom dan.'

Achter haar dochter zag ze Gilles zitten en Jacky versnelde haar loop. Maar bij elke stap die ze deed, dreef het vlot verder weg. Of eigenlijk leek het donkere water zich terug te trekken. Duco werd door Gilles op het vlot getrokken en ook hij riep dat ze snel moest zijn. Ze wilde zo graag, maar ze kwam geen meter dichterbij.

'Ik kom eraan,' wilde ze roepen maar haar stem had geen geluid. Het vlot dreef af en haar kinderen bleven om haar gillen. Jacky rende nog harder, maar ze kon het water niet bereiken. Op het vlot werden ze steeds kleiner en hun stemmen bij elke stap vager. Zachtjes hoorde ze nog haar naam roepen.

'Jacky, Jacky.' Het klonk als gefluister. 'Jacky.'

Een streling over haar wang. 'Lieverd, wakker worden.'

Ze lag nu in het zand en probeerde haar ogen te openen, maar ze was vergeten welke spieren daarbij hoorden. Waarom bleven ze haar roepen? Begrepen ze dan niet dat bewegen moeilijk was?

Een kus op haar lippen en de smaak van hem. Was Jacob hier ook? Waar was ze nu eigenlijk?

'Jacky?'

Een zweem van ontsmettingsmiddelen dreef voorbij. Was ze bij Chris? In het ziekenhuis? Haar ooglid werd opgetild en een lichtstraal raakte haar oog. Dat was de stem van Lambert. Ze wilde hem nog wat vragen, maar ze voelde zich zo moe. Van al dat rennen waarschijnlijk. Gedachteloos bewoog ze haar vingers door het zand. Hier kon ze eerst nog wel even slapen. Straks zwom ze wel achter ze aan.

'Ze beweegt. Haar hand trilt,' hoorde ze Jacob zeggen. Zijn stem klonk oprecht verrast.

Zonder enige moeite dit keer opende ze haar ogen. 'Natuurlijk beweeg ik. Waarom niet?'

Gilles en Jacob schoten in de lach. Ze zaten aan beide kanten van haar bed en keken haar aan alsof ze een wonder was.

'Nou, het mag duidelijk zijn dat jij ook weer uit de narcose bent,' zei Albert, die aan het voeteneinde stond. 'Bijdehante Hollandaise!'

Gilles bood haar water met een rietje aan. 'Hoe voel je je, chérie?'

'De wond prikt,' zei ze en ze probeerde haar rechterbeen te bewegen. 'Niet echt pijn maar meer zo'n slapend gevoel. Wat tintelingen en vooral trekkende huid. Zitten er veel hechtingen in?'

'Nogal ja,' zei Jacob. 'Ze zijn wel even met je bezig geweest.'

'Daar merk ik verrassend weinig van. Ik voel mij ongekend fit.'

'Die man met de hamer komt nog wel,' zei Jacob.

Ze zag dat hij naar haar hand keek en even leek te twijfelen die te pakken, maar toch besloot het niet te doen. 'Kun je je nog iets herinneren van wat er is gebeurd?'

'Vaag. We waren bij die parfumeur geweest, hadden het over Aimee en toen kwam ineens die scooter. Toch?'

Ze keek Albert aan, die haar toeknikte. 'Precies. Uit het niets stond die vent voor ons.'

'En daarna weet ik het eigenlijk niet meer zo goed. Was het nou die agente die schoot?'

De drie mannen wisselden blikken uit en ze begreep dat ze iets raars had gezegd.

'Ze schoten eerst op jou, lieverd.' Nu pakte Jacob wel haar hand. Zijn warmte brandde naar binnen. 'Het had veel erger kunnen zijn, maar de kogel heeft gelukkig alleen je been geraakt. Misschien omdat de agente je wegtrok?'

Ze sloot haar ogen en ze hoorde weer het gegil, de ruk aan haar arm en de tik op haar been. En ineens zag ze ook de donkere helm voor zich. Ze slikte. 'Ik herinner me het weer. Die zwarte helm! Dat was dezelfde als bij die overval op de auto.'

'Echt?' vroeg Albert. 'Hoe weet je dat zo zeker?'

Ze opende haar ogen weer. 'Een breuk in zijn geblindeerde vizier. En dezelfde geur. Van wiet.'

'Zou je die helm herkennen? Van een plaatje?' vroeg Albert en hij stond al op.

'Denk het wel.'

'Mooi, dan loop ik nu naar Moullard. Die staat ergens bij de eerste hulp. Waar de schutter is binnengebracht.'

'Hebben ze hem gepakt?' Ze probeerde rechterop te zitten, maar een pijnscheut verlamde haar been. In een reflex kneep ze keihard in Jacobs hand en liet daarna beschaamd los.

Albert stond al bij de deur en knikte. 'Die tweede

agente zette meteen de achtervolging in. De scooter is toen onder een vrachtwagen geschoten en de dader is ter plekke overleden. Hij ligt volkomen in de kreukels beneden. Ze konden hem nog niet identificeren. Misschien weet Moullard nu meer. Ik kom zo terug.'

Ze zuchtte toen hij de kamer verliet. 'Ik ben zo moe. Wat een ellende allemaal.'

'Ellende is nog zacht uitgedrukt. En je hebt veel bloed verloren schat. Natuurlijk ben je doodop,' zei Gilles en hij klopte haar kussen wat op. 'Doe je ogen maar weer dicht.'

'Zo meteen, maar ik wilde je eerst nog wat vragen.'

'Zal ik even buiten wachten?' vroeg Jacob en hij wilde al gaan.

'Alsjeblieft blijf. Het gaat over Aimee.'

Gelukkig bleef Jacob zitten en ze draaide zich naar Gilles. 'Wat vind je van haar?'

Haar vader wiebelde op zijn stoel en was duidelijk ongemakkelijk met haar vraag. 'Gewoon, familie.'

'Kom op. Ze was nooit positief over jullie. Waarom niet?' Haar mond voelde als gedroogd schuurpapier en ze nam een slok via het rietje.

'Eerlijk?' vroeg hij en ze knikte. 'Ik weet het ook niet. Eigenlijk vanaf het begin vond ze mij niks. Ze had ook altijd kritiek op je moeder. Ik denk wel eens dat ze jaloers op ons was. Misschien omdat ze zelf geen kinderen kon krijgen.'

Jacky keek hem zwijgend aan. Het was een verklaring waar ze zelf nooit aan had gedacht. Daarom had Aimee hen natuurlijk zo liefdevol omarmd. Dat was voor haar tante de manier geweest om moeder te kunnen zijn.

'Hoe was de relatie tussen de twee zussen?' stelde Jacob weer de vraag die ze zelf ook precies zo had kunnen formuleren.

'Op zich best. Dat woord zegt over het algemeen niet zoveel. Maar in dit geval wel. Het was redelijk. Niet meer, niet minder. Colette had altijd een beetje medelijden. Daarom had ze Aimee ook gevraagd mee te helpen in de zaak, toen die Dior-opdracht binnenkwam.'

'Dat van die opdracht heb ik nooit geweten. Was dat misschien wat Tom had ontdekt?' vroeg ze en ze keek Jacob aan. 'Albert heeft het me verteld.'

Jacob trok zijn wenkbrauwen op. 'Ik weet het niet. Tomas heeft het mij uiteindelijk nooit gezegd.'

'Nooit meer kúnnen zeggen, bedoel je,' zei ze en ineens liepen de tranen over haar wangen. Misschien was het de nasleep van de narcose, of het effect van de pijnstillers, maar ze kon ze niet meer binnenhouden. Haar schouders schokten mee met het verdriet.

'Ach lieverd. Het is ook allemaal zoveel. Kom maar hier,' zei Gilles en hij omhelsde haar innig. Heel even was het onwennig maar al snel voelde zijn stevige armen vertrouwd. Zijn warmte stroomde door haar lichaam en ze nestelde haar hoofd in zijn nek. Chris had gelijk, Gilles in haar leven toelaten was de juiste beslissing geweest. De gedachte aan haar zus maakte dat ze hem nog steviger vasthield en zachtjes in zijn nek fluisterde. 'Dank papa.'

'Nee, jij bedankt,' zei Gilles toen hij haar losliet. 'Ik had niet durven dromen je ooit nog zo vast te mogen houden.'

Ze zag zijn ogen stralen en ze voelde zich ondanks alles onverwoestbaar opgewekt.

'Zeg, wil iemand iets eten? Ik heb berehonger,' zei Jacob en wreef in zijn handen. 'Een *pain bagnat* misschien, of *socca*?'

Ze schoot door haar tranen heen in de lach en was dankbaar dat Jacob het luchtig hield. Hij wist in een gesprek bijna altijd de juiste snaar te raken. 'Oh ja socca, heerlijk.'

Jacob wilde al opstaan maar ineens stoof Albert naar binnen, op de voet gevolgd door een hijgende Moullard.

'Jezus, wat is er aan de hand?' vroeg Jacob.

'We weten wie heeft geschoten,' zei Moullard en hij moest de bedrand pakken om op adem te komen. 'Het was Xavier.'

'Xavier?' vroeg ze. 'Weet je het zeker?'

Albert knikte. 'Zonder enige twijfel. Ik heb hem net geïdentificeerd.'

'Waarom zou hij dat in vredesnaam hebben gedaan?' vroeg Jacob, die nu ook was gaan staan.

Moullard schudde zijn hoofd. 'Geen idee nog. Maar hij had een prepaid bij zich. Mijn collega's zijn nu zijn berichten aan het checken.'

Jacky ging met moeite rechterop zitten. Dit kon toch niet waar zijn? Die aardige vent. Die al dagen om haar heen cirkelde. Nu was hij dood en kon hij niet meer vertellen waarom hij haar iets had willen aandoen. Wat bezielde hem?

En net toen ze wilde zeggen dat ze het niet kon geloven, wist ze ineens weer welke tabak ze na de inbraak als een geurlint door de gang had geroken. La Paz, het sigarenmerk van Xavier. 'Dan ben ik benieuwd wat je nog meer gaat ontdekken. Al kan ik niet bevatten dat hij het heeft gedaan, ik vermoed dat hij wel op veel meer plekken sporen heeft achtergelaten.'

33

'Dit gaat even pijn doen,' zei de verpleegster met het zwarte haar en ze koppelde geroutineerd haar infuus af. Daarna nam ze haar temperatuur en bloeddruk op en controleerde de wond. Haar ervaren handelingen brachten een sfeer van normaliteit terug in de ruimte. En nadat ze iedereen van een kop thee had voorzien, verliet ze zwijgend de ruime kamer. Voordat ze de deur sloot, zag Jacky nog net een agent op de gang staan.

'Waarom staat die kerel er eigenlijk nog?' vroeg ze en keek Jacob en haar vader om de beurt aan.

Jacob blies in zijn thee. 'We weten nog steeds niet wat er nu echt is gebeurd. Misschien handelde Xavier niet alleen. Of hebben we zijn opdrachtgever nog niet in beeld. Al ligt Volkov nog steeds het meest voor de hand.'

'Maar we hebben ook nog geen idee wat zijn motief was,' vulde Gilles aan.

Jacky nam een slok. Xaviers naam zoemde de hele tijd door haar hoofd. Hoe was het mogelijk dat ze niets had gemerkt? 'Ik herinner me alleen dat hij op die cocktailparty van Volkov nogal wat botte reacties bij zijn klanten opriep. Misschien ging zijn wijnhandel toch niet zo goed? Volkov was zelf ook ongelooflijk onvriendelijk tegen hem. Het kan zijn dat hij een enorme schuld had of dat ze hem afpersten.'

'Maar waarom wilde hij jou en misschien ook wel Chris dan wat aandoen?' vroeg Gilles.

Ze haalde haar schouders op. 'Kwijtschelding van zijn schulden als hij voor Volkov een klus uitvoerde? Of voor een andere crimineel die het op ons heeft voorzien?'

Gilles schudde zijn hoofd. 'Ik kan het gewoon niet rijmen. Xavier leek echt een goede vent. Ik voel me schuldig dat ik hem nooit heb doorzien.'

'Daar kun jij toch niets aan doen. Iedereen vond hem aardig. Hij leek ook een normale, gezellige bourgondier. Overigens weten we nog helemaal niet zeker of hij mij echt wilde...' ze stopte even en zag dat Gilles het woord niet wilde horen, '... mij iets wilde aandoen. Hij schoot tenslotte van dichtbij mis. Misschien was het eerder een soort bangmakerij.'

'Dat lijkt mij niet,' zei Jacob, die kalm had zitten luisteren. 'Ik vond hem wel vaker vreemd reageren. Hij had van die wilde complottheorieën en haalde overal de maffia bij. Bovendien was er dat rare gedoe met de remmen van de Alfa. Daarom was ik vanochtend ook naar zijn garage gegaan. Om te polsen wat hij daarvan wist.'

'Je denkt dat hij dat ongeluk ook heeft veroorzaakt?' vroeg Jacky en ze voelde een koude rilling over haar rug gaan.

Jacob knikte. 'Waarom niet? Tenslotte was hij ook bij de val van Chris. Hij had makkelijk een slaapmiddel in haar drankje kunnen doen. En onopvallend een laatste duwtje kunnen geven.'

Jacky zag ineens alle gebeurtenissen van de laatste dagen als een film voorbijschieten. Het brandje, de inbraak, de verdwenen sleutelbos, de verwisselde ring. Overal was Xavier in de buurt geweest. En niet één keer had ze het gevoel gehad dat hij de oorzaak van alles was geweest.

'Bizar dat je zo dicht bij iemand kunt leven en niet doorhebt wat er in zijn hoofd omgaat,' zei ze en nam de laatste slok thee. 'Ik heb altijd gedacht dat ik mensenkennis had, duidelijk niet dus.'

'Sommige mensen laten zich ook niet kennen. Van hen krijg je maar één kant te zien. En meestal alleen de gunstige,' zei Gilles en hij pakte haar lege kop aan. 'Bovendien kun je als je zelf niet zo in elkaar zit, het slechte ook niet in iemand anders herkennen.'

Jacky glimlachte om de troostende woorden van haar vader. En tegelijkertijd stemden ze haar verdrietig. Want opnieuw besefte ze dat ze al die jaren zoveel van hem had gemist.

'Weet je wat mij opvalt?' vroeg Jacob en ze schudde haar hoofd. 'Dat je zo kalm reageert. Mensen hebben het op jou gemunt en jij ligt hier zo ontspannen.'

'Nou totaal relaxt ben ik natuurlijk niet. Maar je hebt wel gelijk, ik voel minder angst. Dat is best gek, ja. Misschien toch door de morfine? Zullen we meteen even testen of ik ook van mijn claustrofobie af ben?'

'Weet je eigenlijk hoe je aan die angst voor kleine ruimtes bent gekomen?' vroeg Gilles en hij keek haar onderzoekend aan alsof hij wilde peilen of hij het wel kon vertellen.

Ze schudde haar hoofd. 'Niet exact, volgens de therapeut kwam het door een groot trauma. Verder dan dat zijn we nooit gekomen.'

Rustig en met precies gekozen woorden vertelde haar vader over de dag van haar moeders dood. En dat zij waarschijnlijk als eerste haar moeder aan de boom had zien hangen maar dat ze niemand iets had gezegd. 'Heel stil was je in een nisje gaan zitten. Een plek waar je vaker met Christine speelde.'

'Dat weet ik nog ja. We hadden er poppenbedjes staan.'

'Precies. Daar heb je uren in het donker gezeten. We hebben je lang gezocht.'

En hoewel ze die bedrukte ruimte weer om zich heen voelde en de wanhoop van die dag bijna tastbaar was, was ze niet bang meer. Het constante gevoel van beklemming was verdwenen. 'Nu weet ik het weer. Uiteindelijk heb jij mij daar gevonden. Je was zo opgelucht toen je het deurtje opendeed.'

Hij knikte en even zaten ze zwijgend bij elkaar. Ze zag beelden van haar moeder voor zich. Stralend was ze. Ze maakte bommetjes in het zwembad en gooide haar hoog in de lucht. En hoewel haar vader stil was en in het niets staarde, wist ze zeker dat hij hetzelfde dacht.

'Toen je vertelde dat ze misschien niet zelf...' begon ze, maar haar stem zakte weg. Ze kon de rest van de woorden onmogelijk uitspreken.

'Geen zelfmoord had gepleegd bedoel je?' vroeg Gilles en hij keek verward op. 'Dat was natuurlijk een enorme schok voor je. Sorry. Maar ik kan me gewoon echt niet voorstellen dat ze ons zou achterlaten. Ik weet dat je denkt dat het tussen ons niet goed zat. Maar het was totaal anders. Echt. En ik vind het zo jammer dat je je dat niet meer herinnert.'

Zijn rimpels leken nog dieper te liggen en zijn ogen werden waterig. Zijn intense verlies hing zo tastbaar om hem heen. Zijn dochters, zijn vrouw, hun gedeelde herinneringen, alles was hij kwijtgeraakt. En in die herkenning van het gemis voelde ze zich dichter bij hem dan ooit.

'Ik herinner mij steeds een beetje meer. Misschien komt nu ook echt al het goede weer terug,' zei ze om hem te troosten, maar ook om zichzelf hoop in te spreken. 'Al die ellende. Het is nu wel genoeg geweest.'

Zijn mondhoeken krulden licht omhoog. 'Onverwoestbaar optimisme, dat kan alleen maar van je moeder komen.'

'Heel herkenbaar ja,' zei Jacob en hij ging wat rechterop zitten. 'Ik heb nog wel een vraag. En sorry Gilles als die wat te direct overkomt, maar ik ben nou eenmaal een botte Hollander.'

Haar vader schoot in de lach. 'Kom maar op. Ik ben het wel gewend hoor.'

'Als het geen zelfmoord was, wie zou het dan gedaan kunnen hebben?'

Haar keel vernauwde zich en ze bestudeerde haar vaders gezicht, maar zijn blik bleef kalm.

'Wellicht is het nu niet het juiste moment...' begon Jacob.

'Nee hoor, het is niet erg. Je hebt een punt,' zei Gilles. 'Die vraag houdt mij al veertig jaar bezig. Maar in al die tijd ben ik nog geen stap dichterbij gekomen.'

'Misschien doet het er ook niet meer echt toe,' zei Jacob.

'Misschien,' herhaalde Gilles maar aan zijn naar binnen gekeerde blik zag ze dat hij niet echt overtuigd was. 'Maar lieverd luister, moet jij niet even gaan slapen? Je zult wel doodmoe zijn.'

Ze was dankbaar voor zijn afleidende vraag en ze voelde dat ze inderdaad moest rusten. 'Zo meteen ja, maar ik wil eerst nog Aimee bellen. Even de kids spreken. Hopelijk liggen ze nog niet in bed.'

Jacob reikte haar mobiel aan en snel belde ze het nummer. Ze kreeg meteen de voicemail. Daarna wilde ze een whatsapp sturen en zag dat haar tante al sinds 13.10 niet meer online was geweest.

'Ik kan haar niet bereiken. Zou er iets gebeurd zijn?' vroeg ze, terwijl ze natuurlijk wist dat beide mannen die vraag ook niet konden beantwoorden.

'Dat lijkt mij niet. Er is vast een andere verklaring,' zei Jacob. 'Maar ga het anders even na bij Elice, die kookt nu toch voor ze?'

Gelukkig nam haar collega meteen op en na kort de laatste gebeurtenissen te hebben uitgewisseld vroeg ze naar Aimee. Maar ook Elice had de hele middag niets meer van haar gehoord.

'Vanmorgen vroeg belde ze dat koken voorlopig niet meer nodig was,' legde Elice uit. 'Ik dacht dat Jacob weer terug was. Is er iets aan de hand?'

Jacky vertelde dat Jacob nog steeds bij haar in het ziekenhuis was en dat het merkwaardig was dat ze haar tante niet te pakken kreeg. 'Normaal is ze constant online. En wil altijd van alles op de hoogte gehouden worden. Ik spreek haar dagelijks.'

'Dat is waar,' bevestigde Elice en ze bood aan even langs Aimee te gaan. 'Het is maar een kwartiertje rijden. Ik ben er zo.'

Jacky bedankte haar, maar zei eerst de coaches van de elftallen van de kinderen te willen bellen. 'Ze moesten vanmorgen spelen. Dus als ze daar zijn geweest, is alles oké. Anders bel ik je terug.'

Ze hing op en hoewel haar stem rustig had geklonken, ging haar hart als een razende te keer. Verdomme, het kon toch niet zo zijn dat de daders, wie het dan ook waren, haar kinderen in het vizier hadden?

Gilles en Jacob keken haar vol verwachting aan en ze schudde haar hoofd. Daarna belde ze de begeleider van Duco's voetbalelftal en zonder paniekerig te willen klinken, legde ze uit dat ze haar kinderen probeerde te bereiken.

'Waarschijnlijk is er niets aan de hand en is Aimees telefoon misschien leeg. Maar ik vroeg mij af of ze vanmorgen langs de lijn toevallig heeft gezegd wat haar plannen voor de dag waren.'

'Duco heeft helemaal niet gespeeld vandaag,' zei de man en ze hoorde de verbazing in zijn stem. 'Ik wilde je al bellen waar hij bleef. Maar we hadden toch genoeg jongetjes in het veld staan en ik ben het daarna eerlijk gezegd vergeten.'

Nu voelde ze haar aderen in haar hals kloppen. Snel bedankte ze de begeleider en belde Elice terug. Ze werd meteen doorgeschakeld naar haar voicemail en liet een bericht achter.

'Als je inderdaad tijd hebt zou het fijn zijn als je toch even langsrijdt. Ze hebben namelijk niet gesport vanmorgen. Zonder af te zeggen,' zei Jacky in het apparaat en ze hoorde de trilling in haar eigen stem.

'Echt onbereikbaar dus,' constateerde Jacob die de telefoongesprekken nauwgezet had gevolgd en hij ging meteen staan. 'Ik ga Moullard beneden zoeken. Hij moet dit weten. Ook al is er waarschijnlijk niets aan de hand.'

'Graag,' fluisterde ze bijna. Ze was ineens zo intens moe, alsof ze weer in een narcose wegzakte. En hoewel ze echt alert wilde blijven, zakten haar ogen dicht. Ze zag het vlot weer verder wegdrijven. Nog harder probeerde ze dichterbij te komen. Maar hoeveel stappen ze ook zette, de waterrand bleef onbereikbaar.

34

Ze voelde een koele hand op haar voorhoofd en rook de huid van haar vader. Aarde en hout vermengd met groene zeep. Een geruststellende geur. Ze opende haar ogen. 'Oef, ik was even weggedommeld. Sorry, maar ik ben zo slaperig.'

'Dat gebeurt lieverd, na een narcose,' zei Gilles en hij gaf haar wat water. 'Je blijft nog wel een paar uur zo soezerig.'

'Waarom hebben ze mij eigenlijk niet plaatselijk verdoofd?'

'Je kwam volledig onder het bloed binnen. Was heel slap en ook al vrij lang buiten bewustzijn,' zei hij en zijn stem klonk breekbaar. Nu pas zag ze hoe moe hij was. Zijn ogen waren roodomrand en zijn gezicht was vaal van de slaap. 'Je situatie was heel onoverzichtelijk. Ze moesten snel handelen en namen het zekere voor het onzekere. Ik begrijp wel dat ze voor een volledige narcose kozen. Gelukkig viel het uiteindelijk mee.'

'Wat heftig toch voor jou pap, twee dochters in het

ziekenhuis,' zei ze en ze pakte zijn hand. En ineens wist ze weer dat ze haar eigen kinderen ook niet kon bereiken. Ze duwde zich recht op en checkte haar mobiel. Geen berichten. 'Weet Jacob al meer?'

'Nee, ik heb nog niets van hem gehoord, maar maak je nou niet te veel zorgen. Het komt wel goed. Aimee is volgens mij gek op je kinderen. Ze is als een soort oma. Misschien is ze met ze naar de film, ter afleiding.'

'Dat is lief dat je dat zegt,' zei ze en streelde zijn handen. Ruw geworden door jaren werken in de natuur. 'En nu hebben ze er ook nog een lieve opa bij.'

Even lichtten zijn ogen op. 'Het lijkt mij heerlijk ze te ontmoeten. Dat zou een groot cadeau zijn.'

'Dat gaan we dan snel regelen,' zei ze en liet zijn handen los. 'Zou je misschien iets voor mij willen doen? Wil je even bij Chris kijken? Ik heb al zo lang niets over haar gehoord. Misschien is daar eindelijk wat goed nieuws te vinden.'

'Weet je het zeker? Ben jij oké hier?'

Ze knikte. 'Ik moet nog wat slapen. Maar verder is alles goed. Jacob is vast zo terug. En ik heb zelfs mijn persoonlijke bodyguard voor de deur staan.'

Haar vader stond lachend op en al voordat hij zachtjes de deur achter zich sloot, zakten haar ogen weer langzaam dicht.

Opnieuw lag ze op de open vlakte en hoorde ze de stemmen van haar kinderen. Plotseling waren ze heel dichtbij. En terwijl het vlot steeds verder weg dreef, werden hun stemmen steeds luider. Qua volume leek het zelfs alsof ze naast haar in het zand stonden. Jacky probeerde haar kinderen te zoeken maar kreeg haar ogen niet open. Tastend draaide ze in het rond. Trok er iemand aan haar arm?

'Mama!' riep Duco in haar oor. 'Wakker worden.'

Nu rook ze zelfs de appeltjesshampoo van Cornelie. Het was wreed dat ze zo dichtbij leken te zijn maar in het echt onvindbaar waren.

'Jacky, lieverd,' hoorde ze Aimee zeggen. Waar was haar tante dan? Die had ze hier in het bos nog niet eerder gezien.

Ineens kreeg ze precies tegelijkertijd twee kusjes op beide wangen. Alsof vlinders heel licht tegen haar huid aan fladderden. Haar spieren wonnen aan kracht en ze schoot wakker. Op nog geen tien centimeter afstand keken Duco en Cornelie haar recht aan.

'Mama!' riep haar dochter en ze wierp haar armpjes om haar nek. Haar krullen kriebelden tegen haar huid. 'Eindelijk ben je wakker. Ben je dan nu ook weer beter?'

'Deed de kogel pijn?' vroeg Duco die gebiologeerd naar haar been staarde.

'O lieverds, wat fijn dat jullie er zijn. Wat een verrassing,' zei ze en ze hield haar kinderen dicht tegen zich aan. Tranen prikten in haar ogen. 'Ik heb jullie zo gemist.'

'Wij jou ook,' zeiden ze bijna in koor.

Aan het voeteinde stond Aimee in een perfect gesneden blauw broekpak. 'Hé schat, wat goed je zo wakker te zien. Wat een schrik.'

Ze hield haar kinderen nog steviger vast. Het liefst had ze ze nooit meer losgelaten, maar toen ze aan hun bewegingen merkte dat hun interesse voor de medische apparaten het won van de aandacht voor haar, schoot ze in de lach en liet ze meteen gaan. 'Volgens mij willen jullie op onderzoek uit.'

De twee gleden van haar bed af en bestudeerden direct met veel commentaar haar infuus en bloeddrukmeter. Binnen een minuut speelden ze 'ziekenhuisje' en had Cornelie van een handdoek een doktersjas gemaakt.

'Wat heerlijk om ze om mij heen te hebben,' zei Jacky toen Aimee aan de rand van haar bed kwam zitten. 'Wat een goed idee van je om te komen. Heel veel dank.'

'Als Mohammed niet naar de berg komt, dan komt de berg wel naar Mohammed,' zei Aimee en ze borg haar zonnebril in de koker op. 'Hoe voel je je?'

Jacky vertelde over de wond, dat ze haar hadden geopereerd en dat het gelukkig meeviel. Maar dat het moment in het park heel afschuwelijk was geweest.

'Dat begrijp ik. Ik schrok me ook dood toen die eigenaar van je appartement, die vrouw...'

'Rosalie,' vulde Jacky aan.

'Ja die. Ik belde bij haar aan voor de sleutel en toen

vertelde ze me over die schietpartij. Ongelofelijk, gewoon op klaarlichte dag. En dan vanaf een scooter. Echt bizar.'

Jacky knikte en wilde vertellen over Xavier toen Cornelie vroeg of ze haar kartonnen bakje mocht gebruiken om een papje in te maken.

'Duco bloedt op zijn hoofd,' zei Cornelie en haar donkere ogen keken ernstig. 'En anders gaat ie dood.'

'Dan lijkt mij een papje inderdaad zeer nuttig,' zei Jacky en ze gaf haar dochter het kartonnetje.

'De politie weet waarschijnlijk nog niet wie het was?' vroeg Aimee terwijl Cornelie haar broertje dwong op de grond te gaan liggen en daarna water over zijn gezicht veegde.

'Helaas wel ja.'

'Echt? Nu al? Wie dan?'

Duco sprong op. 'Zo, ik ben genezen. Nu moet zij vermoord-zijn spelen.'

Jacky voelde een steek in haar buik en wenkte Aimee dichterbij te komen.

'Wat heb je hen gezegd?' fluisterde ze in haar oor.

'Niets. Alleen dat je een scooterongeluk hebt gehad en dat Chris was gevallen.'

Ze keek Aimee onderzoekend aan. 'Maar dit verzint een kind toch niet zelf.'

'Die van jou duidelijk wel,' zei haar tante kortaf. 'Maar vertel. Wie heeft je dit aangedaan?'

Jacky keek hoe haar kinderen van twee stoelen een

operatietafel maakten. Ze wilde zijn naam niet hardop zeggen waar ze bij waren, alsof ze daarmee de realiteit buiten de kamer kon houden. 'Het was de vriend van Chris.'

'Xavier?' riep Aimee en ze sprong op. 'Niet waar!'

Geschrokken gebaarde ze haar tante weer te gaan zitten en keek of haar kinderen het hadden gehoord. Maar hun verzonnen operatie was gelukkig urgent genoeg om afgeleid te blijven.

'Helaas wel,' zei ze op zachte toon. 'Een agente zette direct de achtervolging in.'

'En nu? Waar is hij nu?' vroeg Aimee beheerster. Maar aan de trekkende lijnen rond haar ogen zag Jacky dat ze echt was geschrokken.

'Hij is dood. Zijn scooter kwam onder een vrachtwagen.'

Aimee zuchtte en haar blik ontspande. 'Dat klinkt als verdiend.'

'Waarschijnlijk wel ja, maar nu komen we misschien nooit meer te weten waarom hij het heeft gedaan.'

'Is dat erg?' vroeg Aimee en viste een lipstift uit haar tas. 'Wil je ook?'

Ze schudde haar hoofd. 'Erg weet ik niet, maar ik wil het wel graag weten.'

Aimee kleurde haar lippen dieproze. 'Waarom? Hij is dood. Het gevaar is toch geweken. Hebben ze Pierre eigenlijk ook gepakt?'

'Pierre? Hoezo?'

'Dat waren volgens mij goede vrienden. Beiden autogek. Misschien kan hij meer over Xavier vertellen.'

'Dat wist ik niet, van die vriendschap,' zei ze en ineens kneep haar buik samen. 'Hoe ken jij Pierre eigenlijk?'

'Mama,' riep Cornelie. 'Duco wil niet blijven liggen. Maar het is mijn beurt. Nu ben ik de dokter.'

'Ik heb geen zin meer,' zei Duco en hij rende op haar af. 'Mam, mag ik op je telefoon? YouTube-filmpjes kijken?'

Aimee stond op. 'Jongens, een beetje rustig aan. Mama is nog ziek.'

'Het maakt niet uit. Het is goed,' zei Jacky. 'Geef mijn tas maar even aan.'

Duco pakte haar handtas van de kast en draaide hem bijna ondersteboven. Nog net op tijd kon ze het handvat vastpakken, maar haar mobiel viel op de grond. Geschrokken pakte Duco hem op. 'Hij is gelukkig niet kapot.'

'Geef maar, dan toets ik de code in,' zei ze en nam haar telefoon aan. Ze zag dat Jacob haar vier keer had proberen te bellen en een berichtje had gestuurd.

'Mam, dat is toch niet eerlijk,' jengelde haar dochter. 'Wanneer mag ik dan je mobiel?'

'Duco eerst tien minuten en dan jij,' zei ze en opende Jacobs bericht.

Vetgedrukt stond in het scherm geschreven. 'Het is Aimee. Zonder twijfel. Politie heeft mobiel Xavier gekraakt. Zij is de opdrachtgever. Ik vlieg nu terug naar Nederland. Voor de kids.'

Haar hand begon te trillen. De kamer leek 360 graden te draaien. Verdomme. Aimee. Aimee! Haar eigen tante. Ze moest Jacob zien te bereiken. Meteen. Iedereen moest weten dat Aimee hier was. In Nice, aan haar bed. Met haar kinderen.

Maar haar hand trilde zo erg dat ze Jacobs nummer niet kon intoetsen. Ze drukte er de hele tijd net naast. Aimee zag haar gestuntel, keek haar recht aan en voordat ze iets kon zeggen, pakte ze haar mobiel af.

'Geef die maar aan mij lieve schat. Anders laat je hem maar weer vallen,' zei ze met een stem die zo tergend stroperig klonk dat Jacky hem in een reflex losliet en meteen besefte dat ze haar laatste redmiddel net had verloren.

35

'Mama, ik mocht je mobiel hebben,' dreinde Duco aan haar bed. Jacky hoorde haar zoon wel, maar ze kon niet reageren. Het leek alsof elke spier in haar lichaam verlamd was. Het enige wat ze nog kon doen was naar Aimee kijken. Ze volgde elke manoeuvre van haar tantes lichaam. Hoe kon ze zo kalm bewegen? Hoe had ze het kunnen doen? Haar hele leven was ze met deze vrouw samen geweest. Waarom wilde ze haar in godsnaam vermoorden?

'Mama, zeg nou wat,' riep Duco door haar gedachten heen en hij trok hard aan haar arm. 'Ik mocht hem hebben.'

'Mama is moe lieverd,' zei Aimee en terwijl ze door zijn krullen woelde bleef ze haar strak aankijken. 'Ze moet nu even slapen.'

Jacky wilde gillen dat ze hem onmiddellijk met rust moest laten. Roepen dat ze met haar gluiperige handen van haar zoon moest afblijven. Maar ze had geen lucht om te praten. Alle zuurstof was uit haar longen gedrukt en ze kon alleen maar zacht kreunen.

Duco vatte dat op als een bevestiging en liep mokkend terug naar zijn zus, die al klaarstond bij de operatietafel. Binnen een seconde klonken willekeurige medische termen door de kamer en gaf Cornelie opdrachten aan haar denkbeeldige assistente.

Nog steeds hield haar tante haar blik vast. En in haar ogen zag Jacky dat ze wist dat ze haar doorhad. Haar linkerooglid trilde even en haar keurig aangebrachte zwarte mascara was licht uitgelopen, maar voor de rest bleef Aimee onbewogen en de blik die haar haar hele leven had gevolgd leek nu leeg en onbekend.

Aimee stopte haar mobiel samen met de lipstift in haar tas en zakte ontspannen onderuit in haar stoel.

'Hoe gaat het eigenlijk met Chris?' vroeg ze op dezelfde toon als wanneer ze zou vragen naar een schooldag van de kinderen. 'Heeft ze nog steeds last van de ingespoten insuline?'

Maar nog voordat Jacky de bizarre vraag kon beantwoorden, haalde Aimee met kalme bewegingen een spuit uit haar tas en liet die opzichtig in de mouw van haar jasje glijden. 'Toch gek hè, dat voor sommige mensen insuline een levenselixer is en voor anderen een levensbedreigend gif.'

'Als je het waagt...!' siste Jacky zacht en in haar ooghoek volgde ze haar kinderen. Haar tante had dus alles gedaan. Ook Chris ingespoten. Wat bezielde haar?

Toch moest ze net doen alsof er niets aan de hand was. Juist voor de kinderen.

'Ik wil het ook niet doen. Echt niet,' zei Aimee en ze aaide haar arm.

Direct trok Jacky zich terug en ze keek haar tante nog steeds strak aan. Zwijgend probeerde ze antwoorden in haar ogen te vinden. Wat ben je voor een eng wijf? Heb jij echt voor alles de opdracht gegeven? De val, de autodiefstal, de brand en de insuline. Alles?

'Rot op. Nu,' fluisterde ze tussen haar gespannen kaken door. 'En laat ons met rust.'

'Ik weet niet zeker of dat wel kan, schat.'

'Natuurlijk wel,' zei Jacky nog steeds zo zacht mogelijk en ze duwde zich omhoog. Een steek schoot door haar been. Fuck, ze kon natuurlijk niet zelf uit bed komen.

'Blijf maar lekker liggen lieverd,' zei Aimee en ze duwde haar met kracht terug in het kussen. Net te lang en te hard drukte ze haar vuist op haar borstbeen. De pijn schoot door tot haar rug. 'Rust is nu belangrijk. Kan ik nog wat voor je doen?'

'Eng wijf,' siste Jacky. 'Waarom doe je dit?'

Haar tante lachte breed. 'Wat? Voor je zorgen? Dat doe ik natuurlijk uit liefde.'

De gedempte stem. De onechte lach. De holle blik. Hoe was het mogelijk? Waar kwam dit gedrag vandaan? De adrenaline spoot door haar lichaam, maar ze ademde diep en lang. Eerst de kinderen de kamer uit. Zonder ze bang te maken.

'Jongens, willen jullie misschien op de gang spelen?' vroeg ze en ze probeerde zo neutraal mogelijk te klinken. 'Ik wil even slapen. En daar hebben jullie meer ruimte.'

'Ja!' riep Cornelie meteen enthousiast en ook Duco sprong al op. Maar nog voordat ze bij de deur waren, stond Aimee al naast hem en klemde achteloos een stoel onder de deurkruk.

'Dat lijkt mij geen goed idee,' zei ze tegen Duco die haar verbouwereerd aankeek. 'Die agent staat daar niet voor niets. Het is er niet veilig.'

'Mam?' vroeg Cornelie en ze kwam naast het bed staan. 'Waarom is het op de gang gevaarlijk?'

Ze streelde haar dochters wang en zag dat haar eigen hand trilde. Ze moest nu handelen en lawaai maken was haar enige optie. 'Ik zal even de agent roepen, dan kan hijzelf uitleggen wat er...'

'Dat lijkt mij ook niet zo'n goed idee,' onderbrak Aimee haar en pakte Duco bij de schouders. Net uit het zicht van de kinderen, maar voor Jacky nog wel duidelijk in beeld hield Aimee de spuit op vijf centimeter afstand van haar zoons nek. 'We willen toch geen andere patiënten wakker maken?'

Haar ogen versmalden en zonder geluid zeiden haar lippen: 'Laat hem los!'

Aimee had duidelijk gezien wat ze wilde zeggen en liet Duco lachend gaan. 'Als jullie stil in de hoek spelen, kan mama toch nog even slapen.'

Ze zag dat haar kinderen er geen zin in hadden of misschien begonnen ze de stijgende spanning te voelen, maar ze durfden duidelijk niet tegen hun oudtante in te gaan en kropen met hun kartonnen bakjes naast de kast in de hoek. Aimee bleef bij ze staan totdat ze weer aan het spelen waren en ging daarna naast haar bed zitten. De spuit lag nonchalant in haar hand.

36

'Nu ga ik opereren.'

'In mijn buik?'

De opgewonden stemmen van haar kinderen, die haar normaal opvrolijkten, klonken nu onheilspellend. Jacky besefte dat ze snel een andere manier moest vinden om ze hier weg te krijgen.

'Zo, je zult wel wat vragen hebben,' zei haar tante weer alsof er niets aan de hand was. 'Al zul je denk ik nooit echt kunnen begrijpen wat er is gebeurd.'

Jacky bestudeerde haar gezicht. Door de botox zag ze weinig uitdrukking, maar ergens hoopte ze toch op een teken van spanning. Trillende neusvleugels, een trekkende mond of verdiepte rimpels. Maar nergens kon ze een signaal van stress ontdekken. 'Dat denk ik ook niet. Maar doe een poging.'

'Oké, dat lijkt me fair.' Aimee legde buiten haar bereik de spuit op het nachtkastje en wreef in haar handen. 'Het begon eigenlijk al toen je moeder geboren werd. Ineens deed ik er niet meer toe. Colette was ieders lieveling. Mooi, geestig, slim, sportief. Ik kwam altijd op de tweede plaats. Echt altijd. Weet je hoe ellendig dat voelt?'

Ze schudde haar hoofd. Natuurlijk wist ze dat niet. Ze was nauwelijks onderdeel van een gezin geweest. Laat staan dat er concurrentie was met Chris. Ze hadden elkaar altijd hard nodig gehad. Maar ze besefte dat ze met Aimee in gesprek moest blijven. En zo proberen tijd te rekken.

'Geen verbinding voelen met je familie zal niet fijn zijn geweest. Maar mama kon daar eigenlijk toch zelf niet zoveel aan doen?' vroeg ze en tot haar grote opluchting merkte ze dat haar kinderen naast de kast nog steeds rustig doorspeelden.

Aimee keek haar wel aan, maar ze leek niet te horen wat ze zei. Als in een trance vertelde ze de rest van haar verhaal. Over miskenning, frustratie en eenzaamheid. 'Al was ik beter op school, zij kreeg de meeste complimenten. De leraren waren altijd heel blij met haar. En als ik verliefd was op een jongen, ging zij er met hem vandoor. Nog voordat ik zelf een poging kon wagen.'

Jacky wilde gillen dat ze niet zat te wachten op haar tantes herinneringen van een verloren jeugd. Dat dat geen verklaring kon zijn voor haar gruwelijke acties. Maar al liep inmiddels het zweet over haar rug, ze wist dat ze het gesprek gaande moest houden. Hopelijk niet te lang. Gilles of Albert zouden zo wel terugkomen. En hopen dat Jacob het vliegtuig naar Nederland nog niet had gepakt.

'En toen werd haar parfumfabriek ook nog een succes,' ging Aimee verder en haar blik werd feller. 'Ze deed alsof ze dat allemaal zelf had gedaan. Maar ik had die deal met Dior binnengehaald. Ik alleen. Ineens wilde ze mij ook nog ontslaan. Omdat ik zogenaamd niet functioneerde. Toen moest ik wel ingrijpen. Ik kon toch niet anders?'

Jacky's hart klopte in haar keel. 'Wat kon niet anders?'

Aimee keek haar nu wel aan maar haar ogen maakten geen contact. 'Soms gaan er dingen niet zoals je wilt.'

'Welke dingen? Wat bedoel je?'

'Het gebeurde gewoon,' zei Aimee en haar blik keerde meer naar binnen, alsof er niemand in de kamer was en ze praatte op monotone toon verder. Als een soort biecht tegen zichzelf. 'Ik heb eerst geprobeerd met haar te praten. Maar ze wilde niet luisteren. Ik duwde haar. Tegen de kast. Het was echt een ongeluk. Ze bewoog niet meer en lag daar maar. Misschien was ze alleen bewusteloos. En toen vond ik dat touw. Ze was wel zwaar. Ik moest op een stoel staan bij de boom, en...'

'Jij! Jij was het!' riep Jacky en ineens zag ze Aimee naast haar moeder bij de boom. Ze rilde over haar hele lichaam. 'Ik herinner me het weer. Jij hebt haar opgehangen.'

‘Mama,’ gilde Cornelie geschrokken en ze rende naar haar toe. ‘Wat is er?’

En in de plotselinge verwarring greep Jacky naar de spuit, maar Aimee was haar voor.

‘Blijf staan,’ schreeuwde Aimee en ze hield de naald boven Jacky’s arm. ‘Anders moet ik mama pijn doen.’

Cornelie bevroor en Duco begon te huilen. Ineens klonk gebonk op de deur en iemand rammelde aan de deurklink. ‘Doe open!’

Alsof de pauzeknop werd ingedrukt, bewoog niemand meer in de kamer en was het doodstil. Allemaal keken ze maar naar één ding. De injectiespuit boven haar arm.

37

'*Ouvrez la porte,*' klonk nu een zwaardere stem. Opnieuw gebonk op de deur. 'Politie. Doe onmiddellijk open.'

'Dat gaat helaas niet lukken,' riep Aimee naar de onbekende politiestem. Ze wees de kinderen weer naast de kast te gaan staan. 'We blijven hier met zijn allen binnen.'

'Mama,' huilde Cornelie nu ook. 'Mama!'

'Doe wat je tante zegt,' zei Jacky ongekend streng. Ze moest de kinderen zo ver mogelijk van haar vandaan krijgen. 'Nu!'

De kinderen schoten in de hoek, pakten elkaar vast en bleven doodstil zitten. Ze hoorde hun zachte gesnik. Haar hoofd bonsde en ze rook haar eigen angstzweet. Hoe was het mogelijk dat deze veilige kamer in korte tijd zo'n hel was geworden?

'Wat wil je? Blijven we hier nu de hele tijd zitten?' vroeg ze en probeerde ondertussen te horen wat er op de gang gebeurde. Behalve wat geschuifel was het weer schrikbarend stil gevallen.

Aimee liet de spuit langs haar vingers glijden. 'Het

duurt niet lang meer. Ik kan het bijna afmaken.'

'Wát afmaken? Wat bedoel je?'

Aimee zei niets en staarde strak voor zich uit. Haar wangen waren glimmend rood geworden en haar ogen schoten heen en weer. Ze was duidelijk de controle aan het verliezen. Een keer eerder had Jacky haar zo verloren gezien, dat was toen Chris vertelde dat ze in Nice zou gaan wonen. Twee dagen lang had haar tante in bed gelegen. Sliep de hele tijd, at niets en praatte met niemand. Toen dacht ze dat het om verdriet ging, nu besefte ze dat het angst was. Bang om ontmaskerd te worden als de moordenaar van haar eigen zus.

'Ze verdiende jullie niet,' begon Aimee plots weer met ijzige stem tegen niemand te praten. 'Ze was geen goede moeder. Veel te onvoorzichtig. Ik moest de hele tijd opletten of er niet iets vreselijks gebeurde.'

Jacky deed alsof ze luisterde maar volgde ondertussen de schaduwen die ze ineens onder de kier van de kastdeur zag bewegen. Dat was geen kast maar een tussendeur! Er waren mensen in de kamer ernaast.

'Ja, je hebt altijd goed voor ons gezorgd,' zei ze om Aimee aan de praat te houden. Zou de politie in die kamer bezig zijn? Wie had ze gewaarschuwd? Wisten ze wie hier zaten?

'Fijn dat je dat zegt. Niemand zag dat in die tijd,' zei Aimee en ze ratelde met een blanco blik door over hun moeilijke tienerjaren en dat ze er al die jaren helemaal alleen voor had gestaan.

Ineens zag Jacky de deurknop heel langzaam bewegen. Ze probeerde er niet naar te kijken.

'Maar Chris en ik hebben dat wel altijd gezien hoor,' zei ze en keek Aimee recht aan, in de hoop dat haar tante de deur niet in haar vizier kreeg. 'Misschien hebben we dat niet vaak genoeg gezegd.'

Inmiddels was de deurklink bijna helemaal omlaag en ze zag in haar ooghoek dat haar kinderen ernaast nog braaf stil zaten.

'Nou maar kindje dat is niet erg,' zei Aimee en ze pakte de spuit steviger vast. 'Het is nu toch allemaal voorbij en...'

De deur zwaaide open. 'Politie!'

Drie mannen in gepantserde uniformen stormden met getrokken pistolen naar binnen. 'Blijf staan. Allemaal. Nu!'

'Mama,' riep Cornelie en ze wilde naar haar toe rennen. Maar een agent pakte haar ruw bij haar schouders en sleepte haar naar buiten.

Op hetzelfde moment werd ook een spartelende Duco de kamer uitgedragen. 'Mama help, mama,' klonk zijn hoge stem tot in de gang.

De kinderen waren veilig, schoot door haar heen. In de andere kamer zag ze in een flits Jacob en Albert staan. De overgebleven agent richtte zijn pistool op Aimee. 'Handen in de lucht. Nu.'

Aimee schudde haar hoofd en hield de spuit tegen Jacky's nek. Ze voelde de punt prikken.

‘Laat het vallen,’ riep de agent die wijdbeens op twee meter afstand bleef staan. ‘Nu!’

Maar Aimee negeerde zijn bevel en drukte de punt diep in haar hals. Een scherpe pijn. Veel gegil, Jacob die haar naam riep, een harde knal en het warme bloed van Aimee spatte op haar gezicht. Haar tante viel naar achteren op de grond. Jacky wilde roepen dat alles nu moest stoppen, maar ze zakte weg. Steeds donkerder werd de kamer, steeds slapper haar spieren. En opeens zat ze op het vlot en dreef ze weg van iedereen.

38

Drie maanden later

De kist zakte langzaam naar beneden. De witte bloemen op de deksel verdwenen mee de aarde in. Vaag op de achtergrond klonk Johnny Hallyday. '*Tu rêves de voler la nuit. Faire un petit tour au paradis*.' Behalve het gezang was het stil in de cirkel om het graf. De priester had net zijn laatste woorden uitgesproken en een handvol rode aarde over haar kist uit gegooid.

Jacky zag dat de mensen hun hoofd licht gebogen hielden en ze herkende er een paar van gezicht. Veel klanten waarschijnlijk, en vrienden uit het uitgaansleven.

De frisse winterzon prikte op haar gezicht en Jacky sloot even haar ogen. Ze rook de amandelbloesem en de altijd aanwezige zoute geur van de zee. Cornelie pakte haar hand en ze keek haar dochter aan. Haar heldere ogen stonden waterig maar ze keek niet verdrietig. Haar blik was vastberaden en ze hield de witte lelie stevig in haar andere hand vast.

'Mag ik nu gaan? Als eerste?' vroeg ze.

Jacky knikte. Cornelie pakte Duco's hand en samen liepen ze naar het graf. Aan de rand bleven ze staan en tegelijkertijd gooiden ze hun bloem op de kist. Jacky zag aan zijn schokkende schouders dat Duco begon te huilen.

'Dag lieve tante Chris,' fluisterde Cornelie en ze sloeg troostend een arm om haar broertje heen.

Het leek een teken voor de toeschouwers om ook te mogen huilen en ze hoorde steeds meer gesnik om zich heen. Zelf voelde Jacky geen tranen opkomen. Bij het definitieve afscheid van haar zus precies een week geleden, was ze heel verdrietig geweest. Maar vandaag voelde ze vooral opluchting. Chris was eindelijk verlost uit haar statische slaap, nu kon ze rusten in haar geliefde Zuid-Franse grond.

Jacob pakte haar hand en zijn warmte stroomde door haar heen. Sinds de dag dat haar tante in het ziekenhuis in haar schouder was geschoten, waren ze onafscheidelijk geweest. Gelukkig had Aimee haar alleen geprikt en geen insuline ingespoten en kon ze snel uit het ziekenhuis worden ontslagen. Jacob had haar thuis verder verzorgd en al tijdens het eerste ontbijt was hij er over begonnen.

'Ik ben verliefd. Eigenlijk al heel lang. Maar het kon niet. Vanwege Tom,' had hij starend naar zijn roerei gezegd.

Ze was naast hem gaan zitten en had hem op zijn wang gezoend. 'Ik voel het ook.'

Meer woorden waren er niet nodig geweest.

Nu stapte haar vader naar voren en rommelde in de zak van zijn jasje. Jacky zag lichte paniek in zijn ogen en wilde al vragen wat hij zocht, toen Rosalie naar hem toeliep. Uit haar tas haalde ze een briefje en stopte het direct in zijn hand. Hij zuchtte opgelucht en begon met zijn zwaar Franse accent Chris' lievelingsgedicht van Judith Herzberg voor te lezen.

Nu alles is zoals het is geworden,
nu alles is zoals het is
komt het, hoewel, misschien
hoewel, tenslotte nog in orde.

Daarna was het doodstil. Ze hoorde zelfs het geluid van de branding in de verte. Zeker vijf minuten stonden ze zo met zijn allen bij elkaar in het vacuüm van de tijd.

Toen boog Jacky naar voren, pakte een handvol zand en liet het ook langs haar vingers over de kist glijden. Ze nodigde de rest van de aanwezigen uit hetzelfde te doen en samen met haar vader liep ze langs het graf de wijngaard in. Jacob volgde op korte afstand met de kinderen en ze zag dat Rosalie en Albert daar achter aansloten.

Even hadden ze getwijfeld of ze Chris wel op het domein zouden begraven, maar ze was blij dat ze het toch hadden gedaan. Haar zus hoorde hier, tussen de geuren en herinneringen uit hun jeugd. En nu haar vader had besloten het huis niet te verkopen zou ze voorlopig door iedereen hier gekoesterd worden.

Ze keek achterom en zag een lange sliert mensen langs de kale wijnranken lopen. Wat was Chris er vandaag graag zelf bij geweest. Zonder enige twijfel was ze het middelpunt van haar eigen feest geweest en had ze zich het liefst ook nog bemoeid met de drank en locatiekeuze. Maar hoewel ze er fysiek niet meer bij was, hing haar aanwezigheid toch rond. Misschien nog wel het meest door het optimistische licht van de winterzon die de aankomende lente al een beetje in zich droeg.

Na een stille tocht van tien minuten kwam de oranjerie in zicht en ze pakte haar vaders elleboog om hem te ondersteunen bij het trapje naar het grasveld.

'De zon is al zo lekker warm, misschien kunnen we buiten een drankje op haar drinken,' stelde ze voor.

'Dat had ze heerlijk gevonden,' zei hij en hoewel zijn stem breekbaar klonk, voelde ze toch een ongekende kracht in zijn lichaam. 'Ze genoot altijd zo van deze frisse maanden.'

Ze liepen samen over het uitgestrekte veld en ze rook het verse gras. Zo vaak hadden ze hier samen gespeeld. Radslagen waren hun favoriet geweest. Nu kwam Duco hard aan rennen, zijn kromme beentjes konden zijn eigen tempo bijna niet bijhouden.

'Opa,' riep Duco, die duidelijk zijn tranen was vergeten en hij trok aan de arm van Gilles, 'kom je mee naar de schommel? Cornelie wil mij niet meer duwen.'

'Ik kan niet wachten,' zei Gilles en hij liet zich gewillig meeslepen naar de twee nieuwe schommels die ze aan de eik naast de oranjerie hadden gebonden. Cornelie had Jacob al gestrikt om haar op de andere omhoog te duwen.

Snel stroomde het grasveld vol met genodigden en de bediening serveerde rosé en kleine quiches. De stilte van net werd overspoeld door gelach en uitroepen van herkenning. Precies zoals Chris het had gewild. Uit de menigte kwam ineens Pierre op haar af lopen. Ze had hem sinds de aanval van Aimee niet meer gezien.

'Gecondoleerd met uw lieve zus,' zei hij en hij hield zijn pet in zijn hand. Ondanks de winterse frisheid druppelde het zweet alweer van zijn voorhoofd. 'Ik was zo geschrokken toen ik hoorde over Xavier. Het was een goede vriend. Ik had dit nooit verwacht.'

'Wij ook niet,' zei ze en ze gaf Pierre een hand. 'Maar het bleek dat hij hoge schulden had en dat zijn wijnhandel failliet was. Mijn tante bood hem een uitweg. Ze gaf hem veel geld om Chris en mij bang te maken. Om ons uiteindelijk uit Nice te weren.'

Pierre wreef over zijn voorhoofd. 'Ze had mij ook gevraagd negatief over de stad te zijn.'

'Echt?'

'Ze was bang dat jij hier anders ook zou gaan wonen, althans dat zei ze. Ik vond het wel aandoenlijk van haar. Maar ook dat was dus een leugen.'

Jacky zuchtte. 'Ze zat volkomen verstrikt in haar eigen bedrog en heeft ook bekend dat ze Xavier erin had geluisd. De val van het balkon was niet gepland. De slaappillen in mijn zus haar drankje waren veel sterker dan ze Xavier had uitgelegd. En toen het fout was gegaan, chanteerde ze hem. Dreigde hem aan te geven bij de politie voor moord. Daarom kon hij toch door haar worden overgehaald om bij Chris insuline in te spuiten. Hoewel hij waarschijnlijk niet wist dat het zo'n heftig effect zou hebben.'

Pierre schudde zijn hoofd. 'Ongelofelijk dat je eigen tante tot zoiets in staat is.'

'Ja, zij had alle realiteitszin verloren. En sleepte helaas Xavier daarin mee,' zei Jacky en ze pakte twee glazen rosé van een dienblad. 'Wil je er een?'

Hij knikte en hief zijn glas in de lucht. 'Op uw zuster.'

'Op Christine,' zei ze en tikte tegen zijn glas. 'Overigens had ze die overval op je taxi ook in scène gezet.'

'Ongelofelijk,' herhaalde Pierre en hij nam een grote slok. 'Waarom regelde ze dat allemaal?'

Maar net toen ze Aimees motieven wilde benoemen werd Pierre op zijn schouders getikt. Volkov was ondertussen naast hem komen staan.

'Mijn excuses voor de onderbreking,' begon de Rus vriendelijk en hij gaf Pierre een hand. 'Maar ik wil ook graag mevrouw Duran even spreken.'

Pierre zag met wie hij te maken had en na een kort knikje, liep hij snel verder.

'Gecondoleerd,' begon ook Volkov formeel het gesprek. 'Ik mis haar.'

'Dank je wel. Ik ook. En fijn dat je bent gekomen. Ik wilde je nog zeggen dat het mij spijt. Dat we je verdachten.'

'Ik had hetzelfde gedaan. Normaal ben ik ook niet te vertrouwen,' zei Volkov en hij begon te lachen, zijn kleine lichaam bewoog heen en weer. 'Maar Christine was een bijzondere vrouw. Die zou ik nooit iets hebben aangedaan.'

'Dat weet ik nu ook,' zei Jacky en ze nam een slok. 'Het gevaar kwam van veel dichterbij.'

'Is dat niet altijd zo? Heeft je tante trouwens al opgebiecht waarom ze het heeft gedaan?'

'Enigszins,' zei ze ontwijkend. Ze had geen zin om hem de hele familiegeschiedenis uit te leggen. 'Maar het komt dicht in de buurt van een klassiek Kaïn en Abel-verhaal, alleen dan de vrouwelijke variant.'

'Handelde ze uit jaloezie jegens haar zus?' vroeg Volkov vol ongeloof. 'Het is dus echt waar dat families gewelddadiger zijn dan maffiabendes.'

'Als jij het zegt...'

'Geloof maar niets van wat hij zegt,' klonk een zware stem en ze zag Moullard uit de menigte opduiken. 'Dat lijkt mij verstandiger.'

'In dit geval had ik gelijk,' zei Volkov en hij deed een stap naar achter. 'Die Xavier was niet te vertrouwen.'

‘Dat klopt, maar voor de rest…’ zei Moullard streng en hij bleef Volkov strak aankijken.

‘Ik denk dat ik ga,’ zei de Rus en hij schudde haar hand. ‘Als je ooit iets nodig hebt, weet je mij te vinden.’

Ze bedankte hem en daarna verdween hij snel tussen de mensen. Moullard keek hem hoofdschuddend na en gaf haar een knuffel. Ze had hem de laatste weken zoveel gesproken dat er een echte vriendschap was ontstaan. Zijn ondervragingen van Aimee na haar herstel hadden lang geduurd. Maar uiteindelijk had ze alles bekend. Tot aan de kleinste details van haar moeders dood. En ze had hem uitgelegd dat Tom inderdaad achter haar cover-up was gekomen en toen Chris ook nog vermoedens had gekregen, had ze besloten haar het zwijgen op te leggen. Haar tante was zo diep weggezakt in het moeras van het verbergen van haar eerste daad dat ze op het laatst geen uitweg meer kon vinden.

‘Een steeds verder verdiepende psychotische stoornis,’ had de psycholoog het in haar evaluatiegesprek omschreven. ‘Waarbij ze door toenemende emotionele stress volledig het contact met de werkelijkheid verloor.’

Het idee dat ze al die tijd met haar had samengeleefd en haar kinderen bij een zwaar psychotische vrouw had achtergelaten, deden haar elke keer weer huiveren. En hoewel de verklaringen van de therapeut logisch klonken, begreep Jacky nog steeds niet goed wat die emotionele stress dan precies geweest was. Volgens de psycholoog kon het gevoel van sociale uitsluiting bij mensen al tot wanbeelden leiden. Als dat klopte, dan lag de oorzaak toch in Aimees relatie met haar moeder. Het was tragisch hoe diep familietrauma's konden doorwerken.

'Wat een mooi afscheid vandaag,' zei Moullard en hij zette haar lege glas op een voorbijschietend dienblad. 'Ik heb trouwens net gehoord dat de uitlevering van je tante aan Nederland rond is.'

'Dat is goed nieuws,' zei ze gemeend, want ondanks alles wilde ze niet dat Aimee in een overbevolkte Zuid-Franse gevangenis terechtkwam. 'Ze zal zelf ook wel opgelucht zijn.'

Moullard knikte. 'Ze hoopt daar op goede therapie.'

'Voor wat het waard is. Die is volgens mij niet meer te genezen,' zei Albert, die met quiches aan kwam lopen. 'Kom, je moet wat eten.'

Ze nam de hapjes aan en stopte er meteen een in haar mond. Ze had inderdaad razende honger. 'Haar nieuwe medicijnen lijken overigens nu wel aan te slaan.'

'Dat zal haar later zeker helpen in haar reclasseringstraject,' zei Moullard. 'Maar sorry, ik moet nu naar het bureau. Ik bel je later nog.'

Nadat ze afscheid had genomen van Moullard, liep ze met Albert naar de rand van het grasveld. Even weg van alle mensen. Ze gingen op een gammel bankje zitten en keken uit over het zwembad.

‘Zeg, wat is dat met je vader en Rosalie?’

‘Ontluikende liefde,’ zei ze. ‘Ze hadden elkaar bij mijn studio ontmoet en zijn echt heel blij met elkaar.’

‘Dat kan ik wel zien. En hoe is het met jou?’ vroeg hij en klopte op haar knie. ‘Je ziet er eigenlijk heel ontspannen uit.’

Ze slikte en wachtte even met antwoorden. Want tot haar eigen verrassing ontroerde Alberts constatering haar. Hij had gelijk. Ze voelde zich goed. De vanzelfsprekende intimiteit met Jacob, het contact met Gilles en de hervonden onbevangenheid van de kinderen, alles hielp. Maar het was vooral het verdriet dat was veranderd. Het verlies voelde minder scherp en had ruimte gemaakt voor mooie herinneringen.

‘Ik voel me inderdaad lichter,’ zei ze en ze legde haar hoofd op zijn schouder. ‘En je had gelijk. Weglopen van je emoties helpt absoluut niet. Wil je mijn levenscoach worden?’

Alberts lach bulderde door de tuin. ‘Makelaar in gevoelens. Dat lijkt mij wel wat.’

Ze zag dat Jacob en Gilles verrast hun kant opkeken en ze zwaaide ze een handkus toe.

‘Trouwens, wat hoorde ik nou van Jacob?’ ging Albert nog nalachend verder. ‘Komen jullie deze kant op?’

‘Dat nieuws gaat snel. Maar dat is wel het plan, ja. Aankomende zomer. Jacob wil samen met pap de wijnhandel uitbouwen en de kinderen verheugen zich enorm op deze tuin.’

‘En jij? Wat wil jij?’

‘Hier zijn. Bij mama en Christine.’

‘In dat geval, welkom terug *ma chère amie Française*.’

Dankwoord

Veel dank aan Monique Mekel, Hendrik Verschuur en Hanna Zeilmaker voor het delen van hun kennis over Nice.

Geniet ook van de eerdere thrillers van Kiki van Dijk!

Zelfs de diepst weggestopte geheimen blijven je een leven lang achtervolgen…

Reis mee naar Ibiza

Een ontspannen vakantie eindigt in een gevecht voor eigen leven. Wie durf je nog te vertrouwen?

Maggies leven is perfect. Succesvol ondernemer, moeder, echtgenoot, veertiger en nog altijd aantrekkelijk. Haar bruisende ontbijtketen verovert in razend tempo heel Nederland én ze wordt uitgeroepen tot meest succesvolle ondernemer van het jaar.

Om bij te komen van de drukte geeft haar man Sam haar een vakantie naar Ibiza cadeau. Zonder kinderen, zonder man en vooral: zonder stress. Terug naar het spirituele eiland, waar ze als student de eerste houseparty's meemaakte. Maggie gaat op yogaretreat bij haar jeugdvriendin Floor.

Maar wat begint als een relaxte zonvakantie, verandert in een ware nachtmerrie. Na een onverwachtse ontmoeting met haar ex en verschillende mysterieuze verdwijningen, toont het idyllische eiland zijn donkere kant. Of zijn het Maggies eigen diep weggestopte geheimen die haar in gevaar brengen?

***Ibiza* is overal verkrijgbaar**

Nieuw mysterie in de tweede *Ibiza*-thriller

Als Doriens zoon Mick voor een vakantie naar Ibiza wil, is ze direct tegen. Door tussenkomst van haar exman David laat ze hem met tegenzin gaan, maar als Mick meteen na aankomst verdwijnt weet Dorien dat het foute boel is.

Halsoverkop vliegt ze naar het eiland dat zij vijfendertig jaar eerder verliet. Ze raakt verstrikt in een gevaarlijk spel waarbij niemand te vertrouwen is en Dorien en haar familie grote risico's lopen. Zal ze op tijd doorzien wat er op het eiland speelt?

***Ibiza – De erfenis* is overal verkrijgbaar**

Lees ook de exotische thriller *Bali*

Cita's dochter Evi verblijft al een tijdje op het paradijselijke Bali. Wanneer blijkt dat Evi 24 uur wordt vermist, neemt Cita halsoverkop het vliegtuig naar de plek waar ze als jong meisje veel tijd doorbracht. Eenmaal op het eiland wordt het pijnlijk duidelijk dat Cita de band met Evi door de jaren heen behoorlijk heeft verwaarloosd. Haar dochter blijkt er op het idyllische eiland een voor haar totaal onbekend leven op na te houden. Cita belandt in een zenuwslopende reis door het Bali dat voor toeristen verborgen blijft. Wie zit er achter de verdwijning van Evi en is Cita nog op tijd om de band met haar dochter te herstellen?

***Bali*, overal verkrijgbaar!**